下雪天
是什么在闪耀

［荷］安娜·沃兹／著　指天星／绘　　林敏雅／译

GUANGXI NORMAL UNIVERSITY PRESS
广西师范大学出版社
·桂林·

下雪天是什么在闪耀

Xiaxuetian Shi Shenme Zai Shanyao

出版统筹：伍丽云
质量总监：孙才真
责任编辑：郭　静
责任营销：谢思聪
责任美编：唐明月
责任技编：马其键

图书在版编目（CIP）数据

下雪天是什么在闪耀 /（荷）安娜・沃兹著；指天星绘；林敏雅译. -- 桂林：广西师范大学出版社，2023.5
（魔法象. 故事森林）
ISBN 978-7-5598-5826-9

Ⅰ. ①下… Ⅱ. ①安… ②指… ③林… Ⅲ. ①儿童小说一长篇小说一荷兰一现代 Ⅳ. ①I563.84

中国国家版本馆 CIP 数据核字（2023）第 030311 号

广西师范大学出版社出版发行
（广西桂林市五里店路 9 号　邮政编码：541004
网址：http://www.bbtpress.com）
出版人：黄轩庄
全国新华书店经销
唐山富达印务有限公司印刷
（河北省唐山市芦台经济开发区农业总公司三社区　邮政编码：301501）
开本：880 mm × 1 240 mm　1/32
印张：6.375　　字数：110 千
2023 年 5 月第 1 版　　2023 年 5 月第 1 次印刷
定价：32. 80 元

献给我的妹妹——莎拉医生

目 录

第1章

血、蜘蛛、火山爆发、爸爸妈妈接吻，即使这些就出现或发生在我面前，我也绝对不会闭上眼睛。我要看清楚一切，但现在除外。

我坐在地上，四周堆满了搬家用的纸箱。我手里拿着一个金属盒子，盒内有很多小方格，里头放了钉子、螺丝钉，还有螺栓，大多是亮晶晶的银色，最后一格却放了金色的东西——一枚戒指。

我看着那一堆钉子当中的小金环，随后紧紧闭上眼睛。两岁的时候，我可以用双手捂着脸假装自己消失不见，可是现在我已经十二岁又三个星期了。

我再次睁开眼睛，因为黑暗让我难受。我很快地从盒子里拿起那枚戒指，拨开散落在脸上的头发，然后站起来。

这里是爸爸的新家，几乎所有纸箱都还没打开——只有那台新的电视机拿出来安装好了。正好，那东西发出很大的声响，可以盖过我脑袋里的声音。

我走到窗前，看着外面。这里的树和妈妈住的那条街上的树一样光秃秃。那些被雪覆盖的汽车看起来比较小，凹痕也比较多。有一个戴着红帽子的女人，应该是爸爸的新邻居。她在人行道上滑了一跤，手上还拿着铲子。

电视里正大声播报大雪预警，画面是大塞车和打雪仗。我看着邻居阿姨在刮车子挡风玻璃上的冰雪，我的腿则感觉到暖气的热度。

虽然我不想看到爸爸和本特回来，我还是在等他们。我感觉着手中戒指的冰冷，在昏暗的灯光下，我看到戒指内缘

闪亮的刻字：

天长地久 J&S

看到爸爸妈妈亲吻，不用害怕。当爸爸妈妈不再亲吻了，那才真的可怕。

我终于看到爸爸和本特了，他们刚转进巷子。爸爸缓慢地踩着自行车，嘴里吐出白色的雾气。他打一出生就是一头乱发，直到今天还是老样子。据说，妈妈是先爱上那一头乱发，接着才爱上爸爸的其他部分。

本特坐在后座，但脸不是朝着前方，她看着经过的街道，双臂抱着一架巨大的雪橇。她的手冻红了，因为她把手套忘在妈妈那里。

我以为他们应该看不到站在二楼窗后的我，可是爸爸突然对我挥手。这个男人真的很健忘，不到半小时就忘记了他刚刚还在生气。他露出灿烂的笑容，嘴里冒出更多的雾气。他指着雪橇，竖起大拇指，又挥了一次手。

然后，他们就摔倒了。

事情发生得太快，我没能看清楚他们是怎么摔倒的。原本两个人还好好的坐在自行车上，下一秒就摔倒在地。爸爸撞上车把，本特压在雪橇上，仍抱着雪橇。

瞬间一片寂静，邻居阿姨停止刮雪，我的手紧紧握住金戒指——紧接着传来本特的惨叫声。

我忘了现在的自己不能走出家门，急匆匆拉开房门，冲下陡直的楼梯，一打开大门，马上又听到本特的尖叫声。我顾不了身上只穿着单薄的毛衣，直接跑上街。冷风飕飕，我的鼻子冻得好痛。远远地，我就看到血迹了。爸爸跪坐在本特身边，邻居阿姨也站在一旁。本特的左手紧紧抓住右手手腕。流血的，是她的右手。

我脚步一个不稳，觉得有点眩晕。

她右手无名指的指尖没了。手指短了一小截，原本是指尖的地方不断流着血，非常恐怖。

“我们必须马上去医院。”爸爸说。他紧张地看看四周，一副指望可以立刻在这条街上发现医院的样子。

“叫妈妈来！”本特哭喊着。

爸爸脸色苍白。“我马上打电话给她。可是我们先要……”他又看了看四周，“车子在她那里……”

“我可以开车送你们去医院。”邻居阿姨冷静地说。

我原本不怕血，可是眼前流血的是我的亲人。看着那根短了一小截的手指，我差点昏倒。我一边紧咬着牙，目光一边往人行道上的砖块搜寻。自行车平躺在地上，旁边是带着锋利铁片的雪橇。就在那里……

“我看到指尖了！”

本特一下子安静下来，爸爸的样子像是随时会昏过去，邻居阿姨也像个木头人。我们四个人就这样站在那里，盯着地上本特的那一小截指尖。我感觉整个后脑沿着脖子，一直到背脊都起了鸡皮疙瘩，但我还是跑了过去。那一小块肉看起来像顶小小的圆帽子，外层是浅肉色的，里头是血红色的。前面没有帽舌，可是连了一小块指甲。

“等等！”邻居阿姨大喊，“我去拿个小塑料袋。”

她滑着走向家门口的时候，我继续发着抖看向那截指尖。我感觉自己必须盯着它看，脑子里只能不断重复着哀叹，唉唉唉。从七岁起，我就知道自己长大后要当医生，但是医生要遵守很多规定，其中之一就是不可以替自己的亲人开刀。现在我明白原因了。

本特哭得很凄惨，她的蓝色大衣破了一个洞，她的手在发抖，血还是不断地从伤口涌出来，滴到路面上。爸爸搂着她的肩膀，很明显的，他不知道该说什么来安抚她。

“要不要我打电话给妈妈？”我问。

因为不管什么样的情况，妈妈向来知道该怎样恰当措辞。就连在“伞式谈话”[1]的时候，她都能把句子说得完完整整，而且说得清清楚楚，就好像对着满座的听众演讲。

“伞式谈话”发生在圣诞假期的第二天，那个名称当然不是我想出来的，而是从《幸福结婚，快乐离婚》那本书上看来的，那本书摆在厨房的桌上一个星期了。

在进行“伞式谈话”的时候，爸爸妈妈会一起告诉他们的孩子：他们要离婚了。他们会跟孩子说，他们觉得建立一个家庭是多么幸福的事，但现在他们更希望分开，各过各的日子。

当孩子真倒霉，可是又能怎样？爸爸已经租下新的公寓，一星期的排期表也安排好了。

《幸福结婚，快乐离婚》这本书上并没有说“伞式谈话”一定要安排在圣诞假期的第二天。那完全是爸爸妈妈自己决定的。我原本以为那天下午我们会去看电影《小鬼当家》，结果希望落空。

---

[1]“伞式谈话”通常发生在离婚调解中。调解员为父母双方和孩子提供一个舒适且具有安全感的空间，便于父母将离婚的消息告诉孩子，并告诉孩子未来的生活会发生什么变化。

邻居阿姨走了出来，她拿了一条红色方格子的干净手帕给爸爸，然后把塑料袋翻过来套在手上，用拇指和食指把本特的指尖从地上捡起来。

“需不需要冰块冰着，这样才不会腐坏？”我问。

没有人回答我。邻居阿姨将塑料袋打了一个结。爸爸还是一直跪坐在地上，手里拿着手帕。他一动不动地看着那根还在流血的手指。如果他是医生，按照规定他也不可以医治本特。但他是做家具的，对一名木匠来说，不用遵守什么“医不自医”的规矩。

“快点！”我大喊，“你要是让她流血过多死了，看你怎么跟妈妈交代！”

我看得出来他很害怕，他的手抖得和本特一样厉害。邻居阿姨在一旁叹气。她看都没看我，就把那个装有鲜红指尖的塑料袋塞给我。然后她在本特身旁蹲了下来，从爸爸手中拿走那条手帕，小心翼翼且牢牢地用布包住流血的手指。

“举高！你必须把手举得比心脏高，就不会流那么多血了。”她说。

我已经快冻僵。我觉得实在是太可笑了，一个我才认识不到半小时的女人现在在救我妹妹。

“我们现在是不是该去医院了？”我着急地问。

现在本特的手指用手帕包住了，她的指尖在塑料袋里。爸爸这才看着我。我注意到他的表情变化，刚刚他还是不知所措的爸爸，现在他是心中有数的爸爸。

“你留在这里！”

“不要！我要一起去急诊室！”我立刻抗议。

爸爸站了起来，对我说：“你真的认为你现在这个样子，我会带你一起去医院吗？”

他指着我的脸，我这才反应过来，感觉好像踩空了最后一级台阶。因为本特的伤，我完全忘了我的脸。

新邻居阿姨现在也看向我。她看着我写在额头和脸颊上的字，眼睛睁大了一圈。

“我去把字擦掉，我必须陪本特！”我急忙说。

可是爸爸摇头。“没时间了。”

我从来没见过他用这样的眼神看着我，那模样就好像是完全不在乎我的感受。

“可是爸爸，我一定要……”我大喊。

“那是你自己的错。”他小心地从地上抱起本特。

“还好吗？”他问妹妹。

我哭了。

我现在确定，我们不再是一家人。

第 2 章

我几乎从来不哭的。我不是滥情的人，我的爷爷奶奶、外公外婆也都还活着。

可是我现在懂了。此刻感觉就像有人慢慢把我吊起来，让我可以从上面看着我们。首先，我只看到爸爸和邻居阿姨、本特和我，还有满地的血迹。然后我愈来愈高，可以看清楚全部。

从今以后情况变成这样：我们受伤不再是全家人的事。

如果发生在星期天、星期一和星期二，就是妈妈带我们去医院。

如果发生在星期四、星期五和星期六，那就是爸爸的责任。

最好不要在星期三受伤，因为他们还得再想想这一天该谁来负责。

试想一下：要是你有了小孩，你也得想办法让他们每天都有人照顾。

“不要哭了！进去！有消息，我会从医院打电话告诉你。”爸爸对着我大喊。

“我不要一个人待在这里！”我大吼。

我的双肩颤抖得厉害，豆大的泪珠滴到脖子上。“这里什么也没有，我只能一个人在这里等。我必须陪本特，看着她的指尖缝回去！”

邻居阿姨两手叉腰，表情严肃地看着爸爸。

“你是新搬来的，你要知道，我们这一条街的人向来善待不幸的孩子。”她对我招手说，“跟我来吧，爱哭鬼！”她头也不回地走回家。也不知道为什么，我不由自主地跟在她身后。

一进到她家，我就闻到了油炸面球和老猫的味道。我站在走廊上等待时，听到她在楼上翻箱倒柜。

“看！”她又下楼来了，“这个给你。”

她递给我一张有点褪色的老虎纸面具，耳朵的地方还绑着橡皮筋，眼睛的地方是两个黑洞。我立刻想还给她，因为我向来不喜欢化装。可是这时我又想到自己要一个人孤孤单单地坐在搬家纸箱之间，面对开到最大声的电视机……

我什么话也没说，抹了抹脸颊，然后把橡皮筋套在耳朵上。世界突然一下子缩小了。那两个圆洞没办法对准我的眼睛，我呼出的气又一直窜回到鼻子里。

“太好了！”邻居阿姨很满意地说。

医院让我们从一个特别的入口进去，玻璃门上写着“急诊”。

“帮我找一个好医生。”我们下车的时候，邻居阿姨大声地说，“还有，别弄丢那一小块指尖！”

爸爸扶本特下车，我则紧紧抓着那个塑料袋。本特脸色苍白，身体颤抖得就像那种藏在贵妇手提包里的小狗狗。她想自己走，但是才走了两三步就停下来，身体开始摇摇晃晃。爸爸赶紧把她抱起来。

“妈妈到了吗？”她声音嘶哑地问，“妈妈在哪里？”

她不在这里，我心里想。爸爸打手机给她时，她正在跑步。妈妈在过去的十二年十个月都没有想过要练跑马拉松，好巧不巧，她偏偏选择在今天开始练。

我想到我脸上写的那些字，一点也不后悔。

医院门口的台阶上撒了沙子，以免受伤的人滑倒。我的

毛衣很薄，整个人冷得发抖。在这里的所有人中，只有我像个死人——因为脸上的面具挡着，我的嘴巴没有冒出热气。

“爸爸……”本特开口，听起来不像九岁，仿佛一下子小了好几岁，“他们会怎么把指尖缝回去？”

“当然是用针和线。”我回答。

“可是他们会先让我睡着吗？还是我要看着他们缝？”

我咬住下唇没有回答。我将来要当医生，但现在我还什么都不知道。

这时爸爸试着去解释会怎么缝，以免泄露他其实也一样一无所知。我看着从医院出来的人，透过老虎圆圆的眼睛，我看到一个女人跛着脚走出来，鼻子上还贴了一块很大的创可贴。还有一个两只手臂都上了石膏的男孩。我希望他们的头上就写着他们发生了什么事，怎么受伤的，在这里待了多久，以及医生究竟做了些什么。

急诊室的大厅不像机场的购物大厅那样让人眼花缭乱，这里几乎什么也没有，只有一条单调的走廊。在厚玻璃后面有个导诊台，里面坐着一个留山羊胡的先生，他问我们发生了什么事。

当爸爸用大人的口吻告诉他意外怎么发生后，我把塑料袋举高。留山羊胡的先生先是看着我的面具，再看向指尖，表情非常严肃。

“您有没有带您女儿的身份证？”

“呃，”爸爸回答，“我太太……我是说我的前妻……”

他清了清喉咙：“我是说，身份证在她妈妈那里。”

我看着地上。淡黄色的地板和血的颜色非常不相配。

“那医保卡呢？”那位先生问。

爸爸叹了一口气说：“也在她妈妈那里。抱歉，她马上就来了。她一定什么都会带来，包括游泳结业证、借书证、超市优惠卡、绑鞋带比赛奖状。”

那位先生并没有笑。“您女儿的名字？”

“本特·苏菲·纽文浩斯。”

“生日？”

“二月三——”

“那是妈妈的生日。”我插嘴。我抬头看着爸爸，突然间我气的是他，不是妈妈。很可能妈妈想到了什么好点子，而他却一点反应也没有。他只会做木工，打造他的床，还有拨头发。就算妈妈刚开始觉得一头凌乱的头发很帅，总有一天也会受够一颗成天只想着油漆和木屑的木头脑袋瓜。这连我都可以理解。

“对不起，”我对爸爸说，“我是说你的前妻。你前妻的生日是二月三号。本特的生日是二月八号。”

爸爸看着我脸上这张黄底黑条纹、眼睛是两个洞的老虎面具。

星期一我也要戴这张面具去上学，那样一来，什么话都可以说出口，不必在乎自己看起来如何。

第3章

“本特·纽文浩斯！”

一个有着一头深色卷发的医生出现在候诊室门口。我这一辈子第一次这么高兴听到有人喊本特的名字。我们已经坐在这里等了四十七分钟。

这里的墙壁非常单调，椅子牢牢地固定在地上。一共二十三个人坐在椅子上，流着汗，沉默不语。每个人都在看本特沾血的手帕和我的老虎面具。这还不是最难受的，反正我也瞪着那位长癣的先生和那个呻吟的女人，还有一个全身通红的小朋友。

最难受的是我们不能进去。如果等到快疯了，可以到外头，到医院的外面，却进不了急诊室里面。只有一扇门通往急诊室，但是上了锁。只有医生和护士可以从里面打开门。

这意味着在这里焦急等待的每个人都会一直盯着那扇

门。每一次门打开，大家就会屏住呼吸——这一次轮到谁了？谁是可以进去看医生、包扎伤口、拿止痛药的幸运儿？

一旦听见幸运儿的名字之后，其余的人就开始愤慨地抱怨。因为那个可以进去的幸运儿通常看起来不怎么严重，也许长癣但是没有呻吟，或者是唉唉叫但是没有流血。

六分钟之后，我们终于可以到急诊室的一个小隔间待一下下，但也只是让一个专门的护士看一眼那块指尖，然后拿到一张黄色的卡，这表示一个小时之内会轮到本特。

“这是在开玩笑吗？一个小时？”爸爸问。

“最多一个小时。”护士说，“红色卡我们只给有生命危险的病人，橘色卡是真正的紧急状况。不过我可以保证，我们会以最快的速度处理。”

然后她打开塑料袋，因为必须先清洗那块指尖。

当本特看到指尖可以留下，我们却得回到候诊室，她抽噎了起来。她坐到我的大腿上，我的左腿很快就麻到没感觉了。但我没有移动，而是紧紧抱着她，因为她冷得发抖，我很担心。

我们跟在医生后面通过那扇神奇的门。汗臭味突然消失了，这里很暖和、明亮，仿佛是夏天。到处是穿着白衣的人，手臂露出来，头发梳得很整齐。没有人在意衣服太透了，可以隐约看到内裤。

以后我也会是这个样子，穿白色制服是医生的“特权”。收垃圾的清洁工和幼儿园老师绝对不会穿雪白的衣服，只有医生可以穿。他们一整天要接触血、脓和呕吐物，可是仍旧

穿着白衣到处跑。

那个卷发的医生带我们到一个房间，这个房间实在太适合玩扮家家酒时充当医院了。有满满一车的绷带、一个洗手台加上闪亮的金属操作台，还有一张装有轮子的病床。墙上则有一排盒子，放着不同尺寸的医用手套。

“能不能至少替她稍微麻醉一下？”我们坐下来之前爸爸大声地问，“我女儿快痛死了。难道要等她少了一条手臂才肯帮她止痛是吗？”

本特又开始哭了，我也觉得喉咙像被什么哽住了。

“我叫杜威。”那个医生轻快地说，“我们会尽全力，可是今天病人实在太多了。整座城市有一半的人滑倒。”他和爸爸握手，完全无视爸爸满头大汗，也没看我的面具，而是对着本特说：“布还是先包着，等医生来了再说。”

“我以为你就是医生。”我说。

杜威摇摇头。“我是护士。你要注意看外套，医生穿的是长款白大褂，我们穿的是短款。当然看起来不是很明显。尤其是像我这么帅的，老是有人误以为我是医生。很烦，可是习惯就好。”

“他们会开玩笑叫你护士小姐吗？”我问。

他点点头。“那我会把他们揍到不得不送医院。”

我偷笑，我看到本特的嘴角也微微上扬。

“急诊室的护士把我的指尖拿走了。”她声音沙哑地说。

杜威指着洗手台旁边的一个托盘。“我正在让它泡个舒服的澡，这样才不会干掉。”他走过来坐在我们前面的凳子上。“好了，说吧！发生了什么事？”

我们三个开始七嘴八舌地说明，有那么几个瞬间连我们自己也搞不清楚事情的经过了。

“不要紧张。”杜威说，“大概还有十个不同的医生会听你们从头说起。我保证，等今天结束，你们就能唱三部和声的‘雪橇故事’了，还会很押韵！”他站起来，然后问：“本特，你可以上床躺一下吗？”

我屏住呼吸看杜威帮助她躺上床。妈妈应该随时会到，为了本特，我希望她快点到，但我自己倒是希望她绕月球一圈再过来。

“还有没有其他的地方会痛？”杜威问，“手臂、腿、脚的大拇指、肚脐？”

本特用力想了一下。“没有，只有手指痛。”

“所以说，你的头没有撞到地？跌倒的时候是手和膝盖着地？”

她点点头。

“很好，我马上替你止痛。”杜威说。

“终于！”爸爸边擦了一下额头上的汗边说。

我们静静地听杜威说现在要做什么。“替你止痛”在这家医院的意思是：要在你健康的手上插一根空针筒，抽三管血，然后打点滴。

爸爸不敢看针筒插进本特的手，但我就是想站在旁边看。我妹妹很勇敢，并没有唉唉叫。她还是微微发着抖，可是已经不像刚才那么严重。我相信她喜欢上杜威了，我看到她含情脉脉盯着他的卷发。

“你身上有香瓜的味道。”她小声地说。

他听了大笑。“是我的发胶，我不小心买了香瓜味的。”

她认真地点头。“你下次一定要再买有香瓜味的。也许——”

她戛然而止，没有继续说下去。

我听到走廊上传来我这辈子最熟悉的声音。当我还在子宫里的时候，就认得那声音。我漂浮、翻转时，都聆听着那声音。

我马上又想到我的面具——没有歪掉吧？遮住整张脸了吧？

“我要去九号病房。左边吗？”我听到妈妈的声音。

然后她进来了，满脸通红，一头直发，扎着马尾。她脚上穿着一双我从没见过的荧光绿跑鞋。

我感觉像是有一根螺丝钉钻进了我的肚子。

妈妈径直冲到病床前，搂住本特。接着她非常冷静地开始问一些重要的问题，她发现情况似乎不妙——可以说是灾难。

我真的不知道，爸爸、本特和我没有她的话要怎么才能照顾好自己。我的意思是星期四、星期五，还有星期六的时候。

在某些国家和某些家庭很可能存在超级厉害的男人，他们可以独自照顾好小孩，但我们的爸爸不是。全天下至少有这样一个男人——木工做得很好，但若要他按照学校的规定给我们准备午餐，他就弄得一塌糊涂。

“真的吗？”妈妈问本特，“你的指尖掉到马路上了？”

“它现在泡在水里。”我指着洗手台旁边的托盘大声说，“杜威待会儿要用来煮汤。”

妈妈皱起眉头。杜威赶紧说：“千层面。小女孩才煮汤，我要煮的是千层面。”

本特咯咯笑了，但是妈妈没有理会杜威，她看着我。

“你为什么戴面具？”

我立刻收起笑容，同时希望她不要发现我毛衣下的心脏已经紧张得怦怦乱跳。

“那是爸爸家附近的邻居阿姨给我的。”

她扬起眉头。“爸爸家附近的邻居阿姨？”

我点头。“她救了本特的命，还给我们一条手帕、一个塑料袋，还有这张面具。”

“很好。但你现在就把那可怕的东西摘下来。”妈妈说。

“我觉得她还是戴着比较好。”爸爸小声地说，脸色苍白。

诊疗室里一下子变得很安静。

“好吧，反正你也认为让一个九岁的孩子抱着那么大的雪橇坐在自行车后座，而且路面又滑，是没问题的？”妈妈最后开口说。

她又看向我。“菲莉希亚，我们现在是在医院，不是化装舞会，把你的面具脱下来。”

“我叫菲兹！”我大声说，“我已经在一月一号写信告诉你们，我不再叫菲莉希亚。你不记得了吗？”

她叹了一口气。“菲兹，把面具脱下来！”

“好吧！”

我把橡皮筋松开，眼睛眨也没眨，盯着她看。她看着我脸上的字，脸色变得很难看。

“好吧，把面具戴回去！”她说。

第4章

我一个人走出急诊室。我跟他们说我要去喝自动咖啡机提供的免费热巧克力，但我并不打算很快回去。

医生和护士们看着我的老虎面具，但是他们什么话也没说。他们没有要我回去，也没说这里不是化装舞会。

我紧握着拳头。

在这一切蠢事当中，最愚蠢的就是我自己。两个星期前我还是个很普通的女孩，现在的我则很想和那个幼稚的自己一刀两断。

走廊尽头的双层门突然打开了，我赶紧退后。两个身穿蓝绿色制服的人急急忙忙推着担架车进来，一边以最快的速度和在一旁跟着跑的护士说明情况。

“刚刚失去意识，呼吸道畅通，胸部两侧肺泡有呼吸杂音，血氧浓度百分之九十五，血压一三五、七十，心跳过速……”

我看到一张半闭着眼睛的脸，上面还有凝固的血迹，我赶紧闪到一旁。这里到处是敞着门、可以看见里面的房间。医生们匆忙地来回奔跑，连外套衣角都飘了起来。还有拿手机拍自己伤口的病人。

在一扇自动门后面，我终于找到一条没有人的走廊，墙面是用粗糙的石头砌成的，我闻到像过期咳嗽药水的味道。这里只有我一个人，所以当然不用说话，万一要说，我也会很小声。

我继续往前走，不是因为得去什么地方，而是我想离开。这些走廊没有窗户，感觉很像在地底下好几公里深的地方。每个交叉口，我都选择最安静的那条走廊，最后来到了楼梯间旁的电梯前面。我搭电梯到最上面一层楼。

电梯门打开的时候，我屏住了呼吸。我的正前方是一面落地窗，从玻璃窗望出去，城市就在脚下。不是几条街，也不是半个区域，而是整座城市。我仿佛被吊到高处，瞬间看清楚了一切。

在落地窗的中央，有个男生坐在一张轮椅上，几撮棕色的头发遮在眼睛上，他根本没有看向外面。我立刻觉得他很讨厌，因为我想一个人在这里静一静。

我尽量走到离他远一点的地方。天空一片灰暗，而且是非常奇怪的灰。我很想拿下面具，可是现在不行，那个男生仍安静地坐在那里。外面飘起雪来，我看着雪花从天而降，在窗外旋转飞舞。

“我有一次爬到学校的屋顶上，”那个男生突然开口，“就在暴风雪刚过之后，我在上面做了一颗巨无霸雪球，你一定没看过那么大的雪球。然后我和那颗雪球连同玻璃屋顶一起掉进礼堂。最后我缝了五十三针。”

我戴着面具转头看他。他一定有十五岁了，我突然很懊恼自己现在才十二岁三个星期。

“还有一次，我在冰上盖了一间房子。”他继续说，“然后春天来了，那房子就这样沉到河底。现在可以当潜水度假屋出租。”

他有一双深褐色的眼睛，下方有很深的黑眼圈。我不知道他是不是还在上学，如果他还在上学，那就有两种可能：他要么是班上最受欢迎的男生，所有的女生都喜欢他；要么在下课时总是一个人，而且只要一开口就会被嘲笑。

他把背靠到轮椅上。“好了，该你了。你做过最糟糕的事是什么？”我没回答。

“真的？你那么乖啊？”

“我是我认识的女生中最愚蠢的。”我说，“可是这没什么好吹嘘的。”

他大笑着说：“我打赌我认识比你还蠢的女生。”

“你要赌什么？”

他把眼睛前面的刘海儿拨到一边，然后说：“一个炸肉饼三明治。”

“没问题。一个炸肉饼三明治。”我马上答应。

我身上没带钱，不过反正我会赢。我的手指紧张得发麻了，那个男生用期待的眼神看着我。

“说啊，证明你有多蠢！”

这一次，我不管肚子里那种拧螺丝钉的感觉，若无其事地把那根螺丝钉完全忽略掉。现在我们站在离地面很远的地方，没有其他人，只有我们两个，还有窗外不停落下的雪。

我摘下面具。

他坐在轮椅上看着我。

我的额头上写着“妈妈”，右脸颊上写着“该”，左脸颊上写着“死”。

“厉害。”过了一会儿他才开口，“你一定是边照镜子边写的，不过你事先想好了，镜子里和实际看到的不一样。”

“我在纸上练习过，可是失败了。后来我才知道镜子里的和实际看到的左右相反。”

他点点头。“那是——”他指着我的脸说，“你一直都这么觉得？还是有什么特殊的原因？”

我没有说话，只是抓着橡皮筋让老虎面具不停弹跳。这条安静的高空走廊充满了灰色的光，颜色和外头的云一样。窗外飘过的雪片慢慢地愈变愈大。我把额头靠在冰冷的玻璃窗上，看着街上的一辆救护车，但是我听不到鸣笛声。

“我为什么要告诉你？我又不认识你。”我问。

他从裤子后面的口袋掏出钱包，把他的身份证拿给我看。

“我叫亚当·查理·史刀，十五岁。这学期有四科不及格，刚戒了烟。我奶奶认为我将来应该当园丁，因为我每次替她的花浇水之后，花都开得特别漂亮。可是我很难想象有什么事可以持续做五十年。当然，吃饭和睡觉例外。”他说。

身份证的照片上，他那张脸看起来像个快乐的小学生，留着竖直的短发。那时他的身高一百四十六厘米，出生地是阿尔克马尔市。

“要是我的姓氏跟你一样就好了！”我说，“想象一下，我以后要当外科医生，人家就会称呼我史刀医生。”

“那你必须和我结婚。”他淡淡地回答。

他眼睛眨也不眨地盯着我，我突然明白那两种可能中哪一个是答案。

亚当·查理·史刀从来就不孤单，所有的女生都喜欢他。只有那些最受欢迎的男生会开这种玩笑。

我退后一步。

“我宁可跳进火山口也不跟任何人结婚。”我说。

“话不要说得太早。”他轻松地说，“所有的女生都想结婚。你们一生的梦想就是白色婚纱和金戒指，还有……”

我把手撑在冰冷的玻璃上，非常用力地踢窗户，发出一声沉闷的声响。我的脚指头痛死了。可是我又踢了一次，接着又是一脚。

“不要踢了！”亚当大喊。但我不理他，继续踢窗户。

在我们家——我的意思是在妈妈那里——有一片石块地

板，如果不小心在那里把玻璃杯掉到地上，杯子就会碎成千千万万片，几天、几个星期之后，还总是会发现碎片。

在“伞式谈话”之后也是这个样子。那天过后，我每天还是会发现碎片。有一些很小，我很快就忘记了；有些则很大片，像是插在我的肚子里一样令人印象深刻。

“停！”亚当大喊，“你再这样踢下去窗户就破了。笨蛋，不要再踢了！”

“你不是想知道我妈妈为什么该死吗？”我大吼。

“不要再踢了！”亚当继续吼。接着，我突然停了下来，无声地站在他身旁，一只脚是完好的，另一只脚的脚指头大概全断了。

他低声说：“是的，我想知道。”

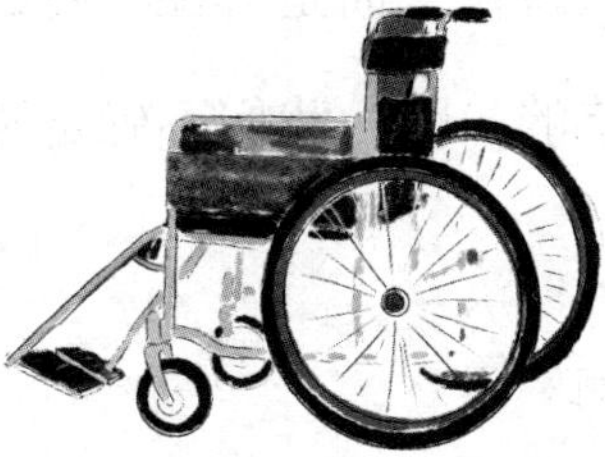

第5章

“首先我必须说明两件事。”

我看着飞舞的雪花，希望雪下得越多、越久越好，直到每个人都忘了积雪底下原本是什么。

“第一，我的爸爸妈妈厌倦了彼此，所以离婚了；第二，我们到医院来是因为我妹妹受伤了，她的指尖被雪橇削断了。”

“哎呀。”亚当叫了一声。

我点头。“本特今年九岁，是我见过最酷的妹妹。她以后要生七个小孩，然后组一个狗儿马戏团，全家一起到处巡回演出。她已经想好七个女生的名字、七个男生的名字，还有至少一百个狗的名字。”

“七个孩子的爸爸呢？他能做什么？”亚当问。

“他可以卖票，还有照顾小孩。本特照顾狗。”

我深吸了一口气。“今天本特和我第一次到爸爸那里住。我们不可以说过夜，因为我们不是去过夜，而是去住。妈妈让我们带了很多东西过去，还带了吃的，因为我们不确定爸爸有没有去超市买菜。”

我停下来看着亚当：“你真的想听？”

“相信我，如果我觉得无聊，你一定会马上知道。不信你可以去问我的老师。继续说！”

我叹口气。“我们到了爸爸那里，发现几乎所有的纸箱都还没有打开。冰箱是空的。我带了我的来回包——”

“你的什么？”

“来回包。就是一个包包，里面装了很多我来来回回必须带着的东西，因为有些东西可能随时会用到。”

他点点头。

“在爸爸那里，本特和我睡同一个房间，所以我们一起打开纸箱。可是我怎么也找不到我的厚毛衣，于是我又跑到走廊上，恰好听到了爸妈的对话。”

我站在堆了很多搬家纸箱的黑暗走廊上。那里的墙面是前房客漆的，颜色实在让人受不了。地板上还有起泡的油毡，不管擦了几次都还是黏黏的。就在那里，我听到了爸妈的对话。

“我爸几乎要哭出来了。”我对亚当说，“他大喊着他永远都不会习惯离婚后自己生活，一个人的生活他过怕了。可是，这时候我妈说，他现在应该要享受一个人的生活。”

亚当皱起眉头。“没有她的生活？”

“没有本特和我。”我握紧拳头，“我妈说她对没有小孩的周末期待很久了，因为这样一来她终于可以做自己。她都计划好了！今天要去跑步，晚上和朋友去喝鸡尾酒。明天早上要睡到饱，然后追整季《广告狂人》的剧集。还有，她可以吃她一直想吃、但是本特和我不喜欢的东西。”

看着外面纷飞的大雪，我脑子里的画面是她捧着一大盘的淡菜，还有椰子面包和香菜，一个人坐在我们的沙发上，在我们的电视前享受美食。这么多年之后，她终于又可以做她自己了。

这让我觉得自己很多余。

“等妈妈离开之后，我拿了她上个星期买给爸爸的油性马克笔。那是她送给我爸的，好让他可以在搬家的纸箱外头写上箱子里装了什么东西。我把自己锁在浴室里，用马克笔在脸上写了‘妈妈该死’，这样希望她可以一个人在她的‘棺材’里继续做自己。”

我们一下子安静了下来。

“我有坏消息要告诉你。”过了一会儿亚当才开口。

我看着他。

“你不是我认识的女生中最愚蠢的，所以现在你欠我一个炸肉饼三明治。我们去医院餐厅吧！”

我愣了一下，不知道该怎么回答。

“我不想再戴这张讨厌的面具了。”

“好吧。那我们先去把你的脸弄干净。”说完之后他从轮椅上站了起来，“来吧！”

我吃惊地看着他。“你可以走！”

“你也可以走，不是吗？”

“可是你刚刚坐在轮椅上，我以为……”

他摇着头。“你知道吗？在这里，只要你坐在轮椅上，就没有人会注意到你。今天就有这个必要。”

第6章

亚当在电梯里按了五楼的楼层按钮。

我看着电梯里暗暗的镜子中我们两个站在一起的样子，突然闪过一个念头：这是史刀先生和史刀太太。

“走这边。”电梯门一开他马上开口。

这里和楼下不太一样。急诊室就像单调的快餐店，人们来就只是想很快地上个石膏或缝上几针。这里的走廊很宽敞、很安静，我们好像走进一间很干净的大饭店，有等餐的座位。墙上挂的画，一看就知道没有美术馆会愿意挂。

在这里看到的病人，既没有流血也不会呻吟。但那些医生，光看着就让我快透不过气来了，他们的白大褂口袋里塞满了东西，听诊器、呼叫器、燕麦棒、笔，还有《实习医生手册》。他们彼此用暗语交谈，看起来好像今天已经救了至少七条性命。

在这座温暖的迷宫中，我已经搞不清楚方向，可是亚当非常清楚我们该往哪里走。我问自己，是否曾经跟哪个像他一样帅的男生一起走过这么长的路。根本不必想太久，答案当然是没有。

我们终于在一个一尘不染的护士站服务台前面停住。一个戴着草绿色镜框眼镜的女人露出笑容。

“亚当，我不知道你今天会来！”

“就当没看见我。”亚当冷冷地回答。他看看四周，然后问：“雅思米娜在哪里？”

“她刚从新生儿重症监护室出来。”那个女人把眼镜推到头顶上压住灰色卷发，接着倾身对我们说，“今天本雅明表现得不错，心跳慢了一点，现在他完全正常了。还有他的呼吸……”

“雅思米娜到哪里去了？”亚当打断她的话，“我要找她。”

那女人叹了一口气说：“到咖啡休息室找找看。”

我没看到哪里有咖啡休息室的指示牌，可是亚当已经大步走掉了。

“那‘老虎’是怎么回事？”那女人在我们背后大声问。

“这只‘老虎’长水痘。”他也大声回答。

我完全在状况外。我们仍继续往前。亚当的步伐很大，我差点跟不上。看来他很想快点离开这里。

“谁是本雅明？”我小声地问。

“什么人也不是。”

“什么人也不是怎么可能会有心跳？”

亚当把头转到一边。“没错！所以不可能。”

“可是——”

他停下脚步。“你要是再问一个问题，我立马就走。那你就一辈子到哪里都带着这样一脸涂鸦。炸肉饼三明治也免了。”

他的模样看起来很可怕，我不敢再多问。我们继续走。我暗自希望我们会经过门敞开的病房，那我就可以看看里面躺的是什么样的病人，也可以知道谁是本雅明了。

可是第一间没关门的房间就是咖啡休息室。

三名护士正在吃奶油泡芙。她们一看到我们，急忙把手指舔干净。三人之中最年轻的那个，有一头带着光泽的深色头发，还有一对有趣的招风耳。

“你爸妈说的没错。”她高兴地对亚当说，“这真的是全市最好吃的泡芙。”

亚当没说话，看起来好像正要发火。

“我刚刚才和你妈妈通了电话，可是她完全没提到你今天……”

“就当没看见我。”亚当又说了一遍，然后指着我说，“雅思米娜，你必须帮我个忙。这只笨‘老虎’用油性马克笔在自己脸上写了一些字，我们要怎么擦掉？”

雅思米娜朝着我走过来，我真希望自己能长得像她。那么漂亮的眼睛，我只在电视上看过。她只比我高几厘米，站在一个高个子旁边时就会显得很娇小。就是这一点让她更可爱。

“你是这里的病人吗？”

我摇摇头。她叹了一口气说：“抱歉，那我什么都不能做。就算你是这家医院的病人，我也必须把你送到其他部门，因为很显然你是归其他科室管的。”

我不知道为什么她这么快就能看出来，也许躺在这里的都是没有腿的病人。

“我们是疯人院的。”亚当没好气地说，“情况紧急，那些字必须擦掉。”

雅思米娜有些犹豫。她看看另外两名护士，她们正忙着聊天。于是她小声说：“好，这不算是治疗，好吗？现在是我的休息时间，我带你们去我们的更衣室。”

我们跟在她后面，我听到她小声哼着歌：我只想要你，喔喔喔。也不知道为什么，但我就是喜欢这里。我当然惦记着本特，我马上就回去，不过这时候可以不用待在九号诊疗室，真是谢天谢地。

真奇怪，现在我看不到爸爸妈妈，反而不怎么想他们，我对他们的挂念竟然比看到他们的时候少。我突然想到，如果我快一点成为医生，就再也不需要那个愚蠢的来回包了。我会替自己买间房子，把爸爸妈妈送到不同的养老院。去看他们的时候，我还可以对着听力已衰退的他们大喊：你们也很享受现在的生活吧？想到这里，我终于感到舒服多了！

雅思米娜在一扇紧闭的门前停住，拿出一张证件放到按钮旁边。

“你来过这里吗？”我偷偷问亚当。

他摇摇头。

门开了，接着就像进了童话故事中神奇的入口，我们似乎瞬间远离了医院。更衣室里很凌乱，有一张松松垮垮的沙发、一个打开的柜子、帅医生的海报、随意放着的白大褂。清洁伤口的药水味道消失了，我只闻到香肠味和体香剂的味道。

雅思米娜朝着挂在洗手台旁边的蓝色罐子走过去。“看，这是消毒酒精。我们用来消毒手的，可以擦掉笔迹。”她从一大卷卫生纸上扯下一小张，揉成一团，喷上消毒酒精。

“我自己来。”我急忙说。

可是她不准我自己动手。酒精几乎瞬间挥发，我觉得眼睛刺痛。

我咬着嘴唇。我不想让我见过最漂亮、最友善的护士看到我脸上的字，她会认为我疯了。

“炸肉饼三明治、炸肉饼三明治、炸肉饼三明治……”我听到亚当在旁边低声说。接着他从雅思米娜手上拿走那一团纸。

“我来好了。”他冷静地说。

我需要考虑该不该让一个十五岁的男生来帮我把脸擦干净吗？对我来说，答案似乎很明显。

等雅思米娜在沙发上坐定了，我才松开面具的橡皮筋。

我把老虎面具放在洗手台旁边。亚当捏住我的下巴，等我闭上眼睛。

他低头看着我问：“你个子这么小，到底几岁？”

“十三岁。”我毫不迟疑地回答。

我的脸感觉到他呼吸的气息，我赶紧闭上眼睛。他开始帮我擦拭，酒精刺痛我的脸颊，我忍着不吭声。

“关于你那个医生，有没有什么新进展？”亚当的声音就

在我耳边响起，我刚开始以为他在跟我说话，可是我听到了雅思米娜在叹气。

“别再说了！我真的必须忘记他。他比我高五十厘米，太帅了。有招风耳的人配不上他。”

“啊……”亚当把我的下巴转向另外一边，然后开始擦掉“死”这个字。他继续说：“习惯就好了。我奶奶一百二十公斤，我表哥搜集啤酒杯垫，我阿姨笑起来就像只火鸡。”

“可是你的爸爸妈妈很棒。”雅思米娜说。

“你这么认为？”亚当问。

“是啊！他们现在正面临可怕的难关，可是一直处理得很好。而且他们昨天带来的泡芙——”

她停住了。一阵消毒药水的味道扑鼻而来，我立刻睁开眼睛。

我们被逮个正着。门口站着一个高大的男人，浅棕色的头发，白大褂的下摆只到他的膝盖。如果上帝存在，他一定会嫉妒这个男人，这一点我十分确定。

“这是怎么回事？”他生气地问，“你们在这里做什么？”

接着他才看到雅思米娜坐在沙发上，她整张脸涨得连额头都红了。

“德侯亚医生！”亚当清了清喉咙，“我……”他说不下去了。

德侯亚医生有一双灰蓝色的眼睛，像一月的大海。我原本以为雅思米娜说得太夸张了，但是他真的比她高五十厘米。

他冷冷地说："那酒精是用来洗我们的手的，不是你们的脸。而且这个房间是给工作人员使用的，雅思米娜不该允许你们进来。"

亚当立刻说："不是她的错。我们——"

德侯亚看着他，打断他的话："你刚刚去看过本雅明了？"

更衣室里顿时一阵沉默。

过了一会儿亚当才回答："没有，我为什么要去？"

"那你现在要去看他吗？"

"不要。"

"那我要请你离开这里。"

然后，医生看着雅思米娜说："带他们去搭电梯，等他们走了，你到我办公室来。"

第 7 章

雅思米娜耸着肩走在前面，不想听我们说对不起。她默默地把亚当和我推进拥挤的电梯，里面已经有三个医生、两个表情悲伤的老太太、一个身穿横条纹连体衣的女孩，以及一个吊着点滴、很瘦的先生，可是我们非得进电梯不可。雅思米娜没再看我们一眼，电梯门还没关上她就走开了。

在电梯暗暗的镜子里我看到自己没戴老虎面具的脸，“该”和“死”两个字不见了，可是“妈妈”两个字还在。我真不该把面具忘在更衣室里。

我小声地对亚当说：“我觉得很对不起雅思米娜！”

我们站在角落，旁边是那个穿着像犯人装一样的连体衣的女孩。她戴着耳机，头随着我听不见的音乐节拍摇摆。

亚当轻声说：“真的不妙。她是整个部门中最好的人。”

电梯每层楼都停，每次都有人出去，也有人进来。我告诉自己不要瞄旁边那个女孩身上的衣服，可是我的眼睛很不听话。那套衣服介于婴儿睡衣和连环漫画中犯人穿的黑白条纹连体衣之间，一体剪裁的样式，前面有一条拉链，而且毛茸茸的，让她看起来像一只犯了罪的小鸡。

我非常小声地问亚当："雅思米娜真的爱上德侯亚医生了吗？"

亚当点头。

"那她接下来怎么办？"

他叹了一口气说："你是说现在吗？希望她不会被炒鱿鱼"。

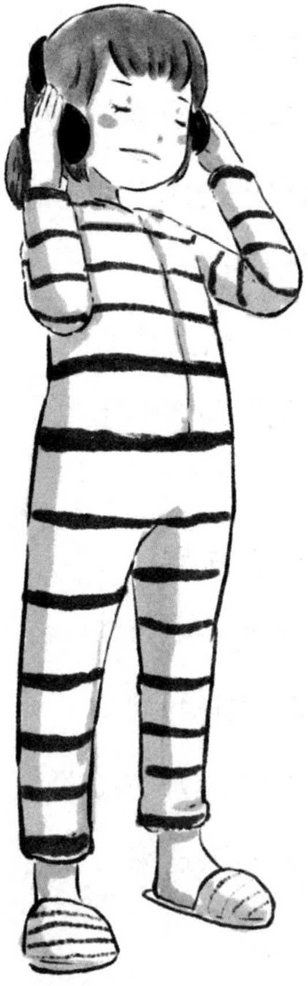

我越来越担心。到了楼下，我们跟着表情忧伤的老太太和吊点滴的瘦先生走，然后我停了下来。我第一次看到医院的大厅，这里像购物中心一样热闹。到处是商店，可以闻到花香，还能听到餐具碰撞的声音。

我仰望屋顶，屏住呼吸。

这个大厅有四层楼高，三面都是窗户，仿佛一颗巨大的雪景球，不过是反过来的——我们在温暖干燥的雪景球里面，外面下着难得的大雪。仿佛有一只巨大的手刚刚对世界一挥，大雪立刻在我们四周纷飞。黑暗的城市消失，眼前只有旋转飞舞的白雪。

“哇！”亚当惊呼。

“哇！哇！双倍的‘哇！’”我大笑道，“如果我是医院，我会让儿科搬到这里来。每个小孩一定都会想看到这样的美景。”

他点点头，这时候他裤子口袋里传出声响。他掏出手机，滑了一下屏幕，看了信息。他没说话，把手机又塞进裤子口袋里。

我什么也没问。我们才认识不到一个小时。我们来这里是因为我还欠他一个炸肉饼三明治，这我很清楚。

我最后还是开口了：“其实我必须先回去拿钱才能买三明治。”

他惊讶地问：“真的吗？真的吗？”

“你觉得我敢跟你开这种玩笑吗？”

他用威胁的口气回答：“我希望最好不要。”然后，他叹了一口气说：“好吧，你回去求你超好心的爸妈给你钱。”

他指着书店说：“等一下你可以在那里找到我。如果你没看到我，就打给我。”

我正要跟他说我还没有手机。他已经转身对一个刚好经过的金发女士说：“可不可跟您借支笔？一分钟就好……”

那位女士从包包里掏出一支圆珠笔。他二话不说抓起我的手，掰开我的手指，在我的掌心写下他的手机号码。圆珠笔冰冷的笔尖在我皮肤上划过。他的手比我的手温暖。

我对他说：“哎呀，这下子我又需要消毒酒精了。”

亚当对着金发女士笑着说：“谢谢您的笔！”金发女士也露出愉快的微笑回答：“不客气！”

我看着他穿过旋转门走进风雪中，两手插在口袋里，棕色的头发当然又遮住眼睛了。我张开写着手机号码的手，好让墨水干透。此刻我感觉自己在火山口边缘跳舞，一边是滚烫的岩浆，另一边是婚纱和金戒指。

就在这时候，那个穿“犯人服”的女孩撞到了我。

她大叫了一声“喔！”接着看着我说：“对不起……你有东西掉了。”她没有弯腰，可是塞了一个小纸盒到我手中，随即离开。

我正要说：“这不是……”但我看到她耳朵上还戴着耳机，听不到我的声音。

我想追上她，可是突然看到空药盒上写了什么。在标签旁边有黑色的手写字：我需要你，立刻到静思中心来。

我站定，眼光扫过大厅的商店：美发沙龙、书店、装饰了闪亮气球的花店、药店……然后我看到了，一面白色的墙上写着“静思中心”，在大厅另一边的尽头。

我必须回去拿买炸肉饼三明治的钱。

我必须知道本特的手指怎么样了。

我必须查看我手上的电话号码。

我必须问爸爸妈妈将来肯不肯住不同的养老院。

可是，一辈子能有几次可以拿到一个上面写了求救讯息的药盒?

我决定先去静思中心，看看那个穿条纹连体衣的女生到底要做什么，然后就回本特那里。

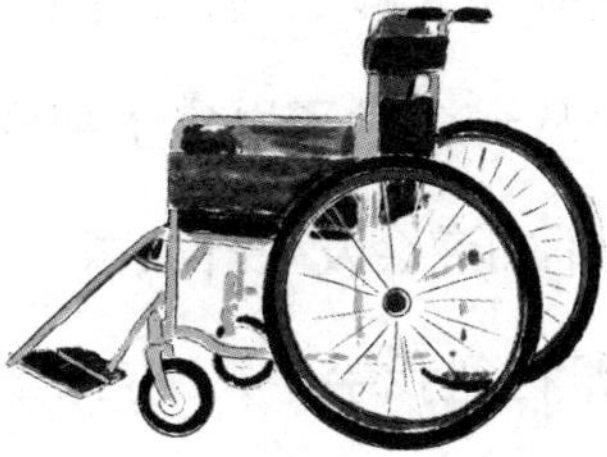

第8章

我挺起胸膛，让自己忘记额头上还写着妈妈两个字，然后迈开步子。现在自己单独行动，我突然留意起四周的人。我看到有人大衣上的雪还闪闪发光，看到带着枕头的妈妈，还有发型被压扁的病人。在这悲伤的气氛中，医生的白大褂飘过，仿佛在这场游戏中，他们完全不在一个层面上。医生既没有病痛也不用担心，他们只是在这里工作。

静思中心的玻璃门是雾面的，颜色像半融的雪。玻璃上是些让我想大叫的字：安坐、静默、冥想、沉思。

我手里拿着那个药盒。上面写的“我需要你”，是恶作剧吗？还是真的？

我推开门，不由得想起先前邻居太太的火葬仪式，那时她的棺材就放在一个像这样的房间里。里面挂着半透明的白帐，墙上画了落叶，房间中央的花瓶里插着一根光秃秃的树枝，上面还粘了一朵纸花。

那个穿条纹连体衣的女生一看到我便大喊："你来了！"她从一张透明的椅子上站起身，很快从一个盘子里拿了某样东西。这里只有我们两个人，我完全不知道会发生什么事。

"给你。"她塞了一颗白色的鹅卵石到我手中，"专门给你的。这是一颗希望之石。医院希望你带一颗走。"

我疑惑地问："真的吗？医院要给我一颗鹅卵石？"

那个女生听了咯咯笑说："我想院长偷偷把花园小径上的石头都倒到盘子里了。"

我看着她。她有一头浅浅的金发，随意绑成马尾。她的手比画着，像蝴蝶一样灵巧又脆弱，眼睛的颜色是柔和至极的灰色。

她说："我问你一个问题。假设我刚刚在电梯里根本没听音乐，而是偷听到了你和那个男生的所有对话——你会生气吗？"

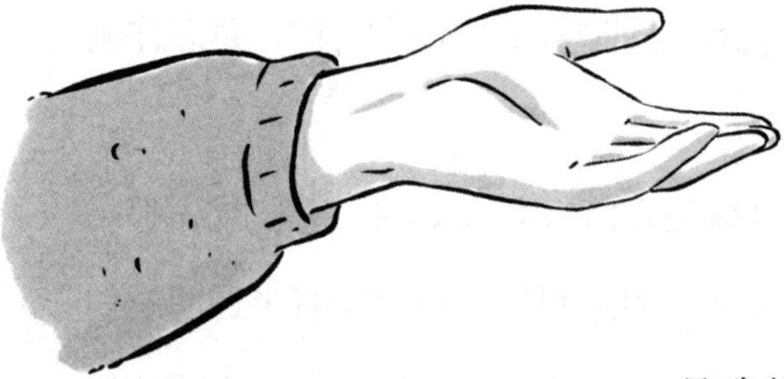

如果她真的偷听到我们的谈话，那实在是太无聊了。可是我想知道为什么我要来

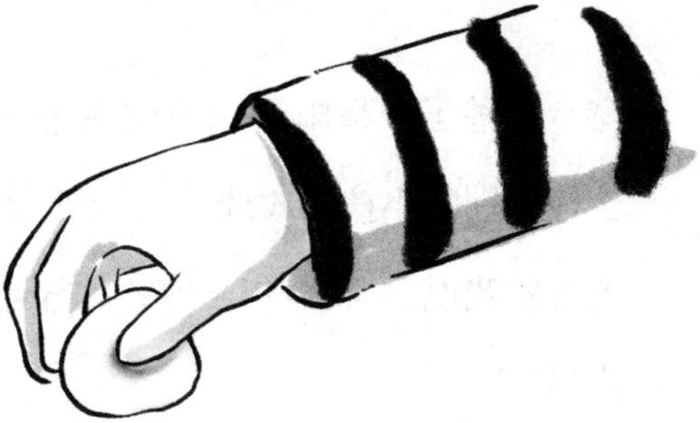

这里；我想知道她是不是真的需要我。

所以我回答：“不会，我不会生气。”

她看着我，那样子好像她要把我的照片做成海报挂在床边。

她高兴地说：“我就知道你很棒！可是我必须先知道你是属于哪一边的，你是病人？还是来探病的？”

我回答：“我妹妹正在急诊室等着，她的手指尖被削掉了。”

我把希望之石塞进口袋里，用手指来回拨弄。突然间我愣住了，我在口袋底部摸到一个坚硬光滑的圆圈状物体。我完全忘了，本特和爸爸出门的时候，我把爸爸的婚戒放进口袋里了。

那个女生说：“我被困在医院里已经十一天了。”她卷起袖子，让我看她手腕上的白色手环。在医院的标志旁边端正写着“布丽米娜[1]·德·温特”。

我吃惊地问：“这不是一种植物吗？报春花？我妈去年在

[1] 布丽米娜，音译人名，荷兰语原词Primula，意为报春花。

窗台上种了一整排。”布丽米娜很不以为意地回答：“那又怎么样？别的小孩叫玫瑰[1]，我叫报春花，不行吗？”她认真地看着我说，“我今年十岁，胸部还没有发育。你要看我的伤疤吗？”

我什么话也没说，双臂交叉在我的——好吧，同样也没发育的部位上。

布丽米娜拉开她的衣服拉链，说：“看！”她扁平的胸部中间贴了一块很大的纱布。她把它掀开来，我眨了眨眼睛，因为原本是拉链的部位，有一道也像拉链的缝合伤口。一长条粉红色的肉上有深色的痂皮。这道已缝合的伤口一定有十五厘米长，海盗要是有这样的伤口肯定会很骄傲。

布丽米娜缩着下巴，一边低头往下看，一边皱着眉头说：“他们说，才开刀十天，之后会没这么明显。可是你想，还会有人要跟我结婚吗？”

我说：“我不知道，必须先等到你的胸部发育了。不然，没有人会要你。”

她大笑说：“至少你很诚实！大人老是让我不要担心那么多。这种安慰真的没什么用。”她把纱布盖了回去，拉上衣服的拉链。

---

[1] 西方女性常用人名Rose，一般音译为露丝，意为玫瑰。

我把药盒子举高。

我严肃地说："你在上面写你需要我。是指需要我看你的胸部，还是有其他的事？"

她犹豫了一下说："呃……我当然不是真的需要你，因为比起其他小孩我懂得很多。我在家里上了半年的课，而且在医院也能学到不少。你知道什么是肺功能不全吗？"

我摇摇头。

她叹了口气说："你看！一般的小孩都不知道。但这正是问题所在……再过几个星期我就必须回去上学了。大家在体育馆等着上课的时候，我只能聊气球扩张术和颈动脉狭窄。"

她的呼吸声突然变得沉重。她把一只手放在伤疤的部位，坐到地上。

她微微喘着气说："有时候我可以非常清楚地感觉到我的心脏，就好像它自己会紧缩，像握紧的拳头。你懂吗？"她把

她那摆动起来像蝴蝶一样灵巧的手握紧，压住拇指。我看到她的指关节发白。

我在她旁边的地上坐下来，很自然地把手放在她背上，放在毛茸茸的黑白条纹衣服上。我问："要不要我去找人来？"

布丽米娜摇摇头。"王医生说那不要紧。"她的拳头又慢慢松开，"你知道吗？对于快死的人，人工瓣膜和心肺机会是很不错的话题。可要是对一个可以继续活下去的人说这些，其他小孩子就会觉得那些很无聊……"

我环顾静思中心，突然间我也不知道：在体育课排队等着练体操吊环时，究竟该和一个十岁的小女生聊什么？

一个星期前，他们让我坐进一艘火箭，把我发射到一个孩子由父母共同监护的星球。现在我的口袋里有爸爸戴了十三年的婚戒。我真的不知道星期一班会上要怎么描述我的圣诞假期；还有星期二的体育课或下课时间，和班上的女生坐在沙坑旁时要聊些什么。

我对布丽米娜说："我刚好将来想当医生，所以我想知道你的伤疤是怎么回事。"

她露出笑容说："真的吗？那我不要用那些专业术语可以吗？"

"很好。"我回答。

她抓住我的手，开始说："是这样的，我出生的时候心血管太狭窄了，但在我两个星期大的时候，他们在医院里把它拉宽了。我爸妈原本希望之后我就能像一个普通的女孩，可是事情没那么简单……"

她抓着我的手，让我感觉怪怪的，可是我没有动。

"去年我被检出心脏瓣膜闭合不严。我常常觉得累，闷闷的，暑假过后我就没有去上学了。妈妈在家给我上课，因为她怕我会死在学校。根本不可能，因为我有吃药，但她还是提心吊胆的。"

"可是现在你好了，不是吗？"我问。

她点点头说："也许等我再大一点还得再开一次刀，可是现在我已经好了。如果你告诉我没生病的小孩都聊些什么样的话题，我就帮你雅思米娜的事。"

我皱起眉头问："什么意思？"

她歪着头说："我不是跟你说了，我听到你和那个男生在电梯里说的话，关于那个雅思米娜爱上了一个医生。她是不是就是把你们带到电梯口的那个护士？长得很漂亮，一头深色头发。"

我抽回我的手说："这跟你有什么关系？"

她灰色的眼睛闪着光芒。"大有关系，因为我要帮你们，让雅思米娜和那个医生凑成一对！我看过世界上几乎所有的医院题材电视连续剧，有两种人我很清楚。”她伸出手指数着说，“第一，得了几乎没人得过的罕见疾病的病人；第二，坠入爱河的医生和护士，他们老是打翻柜子，让绷带散落得到处都是。”

“呃。”我说。

布丽米娜正经地点头说：“我早就说过，我知道的比其他小孩多很多。”

第 9 章

我站在九号诊疗室的门口，感到我的心碎了。

我敢打赌，杜威一定知道这样的故事：有人开玩笑告诉医生自己心碎了，问医生是不是可以帮他缝几针。我当然知道，心脏可能梗塞、疲惫，或是完全停止跳动，但就是不会碎。不过这正是我此刻的感觉——我的心有锯齿状的裂痕。

妈妈不只带了本特的身份证、借书证、绑鞋带比赛奖状，还带了《101 忠狗》，不是影片，是书。那是一本从外婆那里拿来的旧书。

本特安静地躺在床上，妈妈正在念故事给她听，爸爸坐在椅子上。我站在门口，这一瞬间我真希望自己是别人，因为任何一个其他人看到这一幕，都会认为：哇，好幸福的一家人。

我紧紧握住口袋里的戒指，走进房间。

本特一看到我就大叫："菲兹，你看！"她把受伤的手举高。沾血的手帕不见了，现在包扎手的是白色绷带。

我回应："真的？他们把它缝回去了？"

她摇着头说："还没有。可是他们照了 X 光，要看看伤口，所以必须把手帕拿掉。有好多血，还有黄色的肉，我还看到骨头。"她的手在发抖，可是看起来很自豪。她继续说："杜威说我现在可以演僵尸片。"

我走过去拥抱她。妈妈在我背后问："你跑到哪里去了？"

爸爸说："我差点就打电话给全市所有的医院了，后来才突然想到我们已经在医院了！"

我转过身，看见他们正看着我，看着我被擦红的脸颊，还有额头上还没擦掉的字。现在如果有人经过，马上会感慨：天啊，这个破裂的家庭非常需要"上石膏"。

我默默走到放绷带和纱布的金属推车前面，然后拿起一个四方形的包装袋，撕开来。

爸爸见状，吃惊地喊："菲兹！"

我用胶带把纱布贴在额头上，遮住妈妈两个字。本特看了咯咯笑。

我问："可不可以给我吃午餐的钱？"

他们才一个小时没看到我，可是现在他们看着我的样子，好像再也认不得我了。

妈妈回答："等一下我们一起去吃午餐。"

爸爸抹了一下额头，点点头说："对啊，这样比较好。"

我瞪大眼睛盯着他们，因为我也认不得他们了。他们怎么能够继续说谎？半年前他们骗人说他们永远不会分开，现在他们说一起吃午餐比较好。好吧，如果你们真的愿意共享花生酱，那就不应该离婚。

我双臂交叉。我听到已经在我脑子里绕了一个星期的话。

我用微微颤抖的声音说："听着！你们必须记住：我们曾经快乐地生活在一起。可是人会改变，过了这么多年，我们已经没办法好好在一起了，所以我要自己单独去吃午餐。"

爸爸脸色苍白，妈妈挺身坐直。

我继续说："亚当在等我，他今年十五岁。他对医院很熟，我把他的手机号码给你们。如果本特要我回来，你们就打这个号码给我，我立刻回来。但是我现在需要午餐钱。爸爸你可以给我吧？今天你必须负责我的三餐，不是吗？"

他们两个都没吭声。

本特坐了起来说："我差点忘了！我有话要跟菲兹说，而且我只告诉她一个人……"她看着爸爸妈妈说："你们不是要去喝咖啡吗？现在可以去了。等你们回来，妈妈继续把小狗出生那一章念完，然后爸爸念找到白佩蒂那一章，接着换妈妈念一章，再换爸爸念一章，一直到把书念完。”

我看着他们的脸。爸爸看起来宁可躲到角落去，妈妈则像是有很多话要说，甚至想大吼。可是我们现在在医院里，而且本特受伤了。

他们站了起来。爸爸微弯着腰走路，好像一星期内突然老了二十岁。妈妈则直直盯着地上。

他们离开之后，本特马上小声地说：“把门前面的帘子拉上。”

我照她的话做了，然后爬上床坐在她旁边。她很严肃地说：“我给你看一样东西，但是你要发誓不告诉爸爸妈妈。”

“我对幸运发誓！”

幸运是《101 忠狗》中最小的那一只，出生的时候差点死掉，可是在它的主人抚摸它的毛之后又活过来了。后来它成为其中最可爱的一只。

“看……”本特一边用打点滴的那只手小心地在口袋里摸索，一边说，“我不小心把这个带在身上了。”

我吓了一大跳。

她摊开的手中是妈妈的结婚戒指。

“你在哪里找到的？”我小声问。

她垂下眼睛说：“我在狮子镜子下面的抽屉找橡皮筋，在那里看到的……”她摇摇头说：“我不能把它留在那里。”

我默默地在我的口袋里摸索。

“爸爸的戒指！”本特大喊。

我把它放在本特的手掌上，和妈妈的戒指放在一起。她轻轻地晃动一下手，两枚戒指滑动碰在一起。我们盯着戒指看。真希望我是自己一个人在荒野，那我就可以放声大哭，不会有人听见。

本特低声说：“我知道他们常常吵架。可是如果现在要在这里待很久……也许他们会发现其实自己还是很爱对方。”

我看着受伤的妹妹，不知道该说什么才好。

“也许现在就和好了。”她说，“也许他们正在喝咖啡，爸爸会讲一些好笑的事，然后妈妈就会笑他。”

我不用回话，因为杜威走进来了。

我看了本特一眼，接着两枚戒指到了我手中。我很快地让它们滑进口袋里。

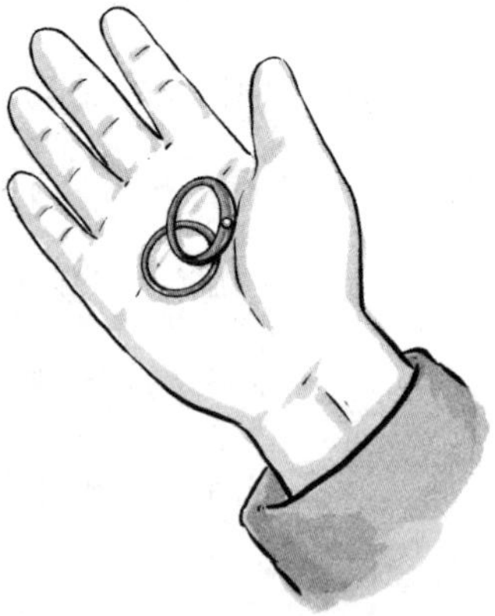

第10章

在去找亚当、布丽米娜和炸肉饼三明治的路上，我停留了一会儿。

我在宽大的石膏室的门口停下脚步，不是为了看那五张用薄薄的布帘隔开的白色病床，也不是为了听那些像医院里也在下雪的细细声响，更不是为了要盯着在水族缸角落里游泳的金鱼。

我看着洗手台旁边的消毒酒精喷压瓶，然后镇定地走向洗手台，好像我已经在医院很多年了。其他人不是忙着包扎伤口，就是喊痛，或者是在一旁安慰，没有人理会我。我把额头上的纱布扯下来，放在没有写电话号码的那只手上，将消毒酒精喷上去。

另外一面墙上挂着几卷尺寸不同的白色长网套。有一名护士剪了一段最宽的尺寸，走回一个身材庞大的病人身边。

在他小心翼翼地包裹病人的手臂时，我开始擦我的额头。酒精挥发，刺痛了眼睛，但我继续擦，直到那个病人的手臂完全上了石膏。

直到额头上“妈妈”两个字的痕迹完全消失。

到了医院大厅，我马上察觉我的计划出了问题。我原本郑重地告诉布丽米娜在餐厅等我，因为我不希望在我不在场的时候，她跟亚当说些奇怪的事。

可是现在他们两人坐在书店前面的长椅上。布丽米娜敞开她的“犯人服”，那块纱布则搁在大腿上。她蝴蝶一般灵巧手的正在做夸张的手势，而亚当笑得很大声，我从这里就听得到。

我叹了一口气，抬头看着雪景球外面的风雪，想象着：也许我们再也没办法离开这间医院了。大雪把我们封在这里，跟针筒、绷带和气球一起。几个勇敢的医生出去求救，可是一到了外面就消失在白茫茫的大雪中，得等到春天才会被找到。

我慢慢走向他们。

“不。”我先听到布丽米娜的声音，“他们必须先用电锯锯开我的胸骨，再撑开肋骨，这样才能接近心脏。”

我走到他们正前方，两手叉腰。

我很严厉地说："布丽米娜，把衣服的拉链拉上。就算是没有胸部的人，也不能这样随随便便在大厅让人看疤痕。"

当然，她露出了开心的笑容说："你回来了！"她把纱布放回去，很快地把拉链拉上，一直拉到最顶端。"对不起，我已经习惯只要有人到床边就脱衣服……"

"嗯，那样可能不太好。"亚当打断她的话，然后看着我说，"结果？结果呢？"

我从口袋掏出一张二十欧元的钞票，他深深叹了一口气说："终于。"

我在医院的餐厅买了三份炸肉饼三明治和三杯可乐。端着满满的餐盘，我一小步一小步地走到角落那里唯一的小空桌旁边。

"敬菲兹！因为她不是我认识的女生中最愚蠢的。"亚当高举三明治说。

"敬菲兹！因为她很诚实，还有她要告诉我没生病是什么样子。"布丽米娜也一边高举炸肉饼三明治，一边大声说。

我们高举炸肉饼三明治互敬，然后默默吃着。餐厅里挤满了访客、病人，还有一群叽叽喳喳的护士，就像班级春游时候一样热闹。我们是唯一没有大人的一桌。

接着布丽米娜说：“我们必须开始行动了！”

她以惊人的速度把炸肉饼三明治吃光，然后说：“要怎么让雅思米娜和那个医生在一起？”

我叹气。“你先想一下，你今天看到哪个病人的肚皮被树干穿过了吗？没有！所以说这不是你看的那些医院题材电视连续剧。我们绝对不可能让雅思米娜和德侯亚医生变成一对。”

亚当笑着说：“你宁可跳进火山口。”

“是的，正好我就是这么想的。”

布丽米娜皱起眉头问：“你为什么要那么做？”

我连忙说：“这不重要。”

但她还是看着我，然后说：“这当然很重要。我不要你跳火山口，而且我不懂，为什么我们不可以帮护士和医生凑成一对？”

“因为他们不会一直相爱！到头来还是会离婚，那我要怎么跟他们的孩子解释？啊，因为我那时候太无聊了，才想办法让你们的爸爸妈妈相爱？对不起，害你们现在必须带着来回包来来去去……”

我被一大口可乐呛到，开始咳嗽。

“谁说他们会离婚？”布丽米娜吃惊地问。

“网上！”我清了清喉咙说，“这不是玩笑。跨年夜的晚上，我看了至少一百个网页——有三分之一的婚姻会触礁。”

我发现亚当在看我，可是我只对着布丽米娜说话。

“你想象一下——这是一道算术题。有九百对新人、九百件婚纱、九百个多层结婚蛋糕，以及一千八百枚婚戒。这九百对新人走向礼堂的时候，他们已经知道，过一段时间后就有三百对会离婚。这不是太可笑、太愚蠢了吗？”

布丽米娜似乎一点也不在乎。“可是雅思米娜很可能在那六百——”

她突然停下来，因为她的“犯人服”开始唱起歌。一时间我还以为是外科医生在帮她开刀时，不小心把手机留在里面了。可是她已经把拉链拉到肚子下面，我看到她的肚子上用医用胶带贴了一只手机。她撕开胶带拿起手机。

“嗨，爸爸！我马上回去……”

她赶紧又把拉链拉上。

她对我们说：“我必须走了。我们跟心脏外科的王医生有约。而且没有人知道——”她压低声音，“我爱上王医生了。我才不管网上怎么说！”她的眼睛闪烁着光芒：“这实在太浪漫了，因为是他帮我动的手术。你们知道这代表什么吗？”

我们不知道。

“王医生触碰了我的心，而且是真的。他切开我的皮肤，锯开我的肋骨，我的心脏在他的手里。然后他帮我装了新的瓣膜，让我活下来。”

“非常浪漫。”亚当赞叹。

布丽米娜猛点头。她站起来看着我问：“我们下一次在哪里开会？”

我犹豫不决。

我才不想帮她完成替雅思米娜和德侯亚牵红线的可怕计划。可是，因为我的关系，才让雅思米娜惹了麻烦；要不是我，她不会被抓到。所以我们也许可以为她做点什么事。不用牵红线，也不要制造麻烦，应该有这样的事吧？

“在最上面那层楼有一条侧边是巨大落地窗的走廊，很像电影院，我们就在那里碰头。”我说。

“半小时后见。但是在我来之前，你们不可以开始计划！我可不想错过什么。”布丽米娜说。

第11章

突然之间又和亚当单独相处，让我觉得有点别扭。

他已经吃完炸肉饼三明治，其实我们没有任何理由要待在一起。他十五岁，我十二岁。他长得很帅，我有一头很乱的长直发和一对褐色的眼睛。他将来想结婚，我宁可跳进火山口。

显然他也不知道自己在这里做什么，因为他拿出手机开始发信息。过了一会儿，我听到响亮的铃声。他面露诡异的笑容，接着又在发信息。

如果你真想尝试孤独的滋味，那就坐到一个一直对着手机笑的人对面。我盯着角落的电视看，觉得自己的存在感完全消失了。屏幕上一连串的白色景象：在雪地里的汽车、在雪地里跌倒的人、在雪地里高兴得不得了的狗、在雪地里被白雪覆盖的树木，还有在雪地里的雪堆。

“浪费够多时间了！”亚当突然开口，吓了我一大跳，“我现在就去找雅思米娜，看看她的情况是不是很糟。”

他站了起来，我还是盯着电视看。

“你不一起去？”他一派轻松地问。

我握紧桌子下面的双手说：“我们不能再到那个部门了吧？”

他叹了一口气说：“如果是为了好玩，当然不行。现在我们只能这么做，没有别的选择了。我们去看本雅明。”

那感觉好像他通过了沸腾的熔岩浆，瞬间触动了我的心。

我可以和他去看本雅明。

“这次是认真的。”我们一边爬五层楼梯时，他一边问我，“你得过水痘吗？”

“嗯……”我已经喘不过气，“我那时全身都是水泡，而且痒得要命。”

空气沉闷，又弥漫着药味，所以我们不想搭电梯。还有就是不想再看到表情痛苦、推着点滴架的老太太。

亚当问：“现在呢？你没有发烧、拉肚子、胃痛或是流鼻涕吧？”

“我很健康，什么病也没有。”

我停下来看着他，心一直怦怦跳。我质问亚当：“现在我一定要知道，在看到他之前。告诉我，本雅明是谁？”

在这里看到这么多境况悲惨的人，我要先有心理准备。我马上会看到一个光头？只有一条腿的人？痛苦不堪或昏迷不醒的人？

亚当回答：“到目前为止，本雅明什么人也不是，但他应该会是我的弟弟。”

“应该会？”

“他提早了至少七十六天出生。”

我愣了一下才说：“我不知道提早这么多天能活下来……”

亚当冷冷地回答：“原本是不可能。婴儿发展成熟的过程需要四十周，可是本雅明二十八周就出生了。他的肺还没长好，肠子也没有办法蠕动，他的心脏还有一个洞，必须尽快闭合……你看过《E.T. 外星人》吗？”

“那部关于一个一直想打电话回家的外星人的电影？”

亚当点点头。“我弟弟就长那个样子，像迷你的 E.T.。可是我爸妈认为他是全世界最漂亮的奇迹宝贝。”

他盯着天花板上的荧光灯管。“想象一下，在一条黑暗的街道上，有个血腥的僵尸拿着一把斧头朝你走过来，可是你的爸妈却说：‘啊，看，来了一个长得这么好看的人！’这种感觉我已经‘领受’一星期了。”

我咬着嘴唇。

我想到《幸福结婚，快乐离婚》已经摆在厨房的桌上一星期了，而我爸妈兴奋地说：“啊，这真是一本很棒、很有用的书！”

我什么话也没说，继续走。除了盯着光滑的灰色阶梯，我哪里也不看。过了一会儿，我听到亚当跟上来的脚步声。

我们再一次站在一尘不染的护士站服务台前面。

“我又来了。”亚当说，“我来看本雅明，我表妹也来了。”

那个戴绿框眼镜的护士这次没对我们笑。

“我叫雅思米娜来。”她严肃地说。

等待的时候，我看着服务台对面的白板。第一栏写着婴儿的名字：奥莉薇亚、安吉尔、本雅明、艾米尔、比恩、奇法。接着是婴儿所在房间号，以及今天负责照顾婴儿的护士的名字。

亚当突然碰我一下，我很快转过头。来的不是雅思米娜，而是德侯亚医生。他白大褂胸前的口袋里插了五支银色的笔。他的金发闪闪发亮，仿佛每根头发上都装了很小的圣诞灯。

“你们又来了。”他低头看着我们——就像他是上帝，我们则是乞食的乞丐，“亚当，你知道只有和你爸爸或妈妈一起才能进去看本雅明。”

“可是我爸妈今天必须去看我奶奶！她昨天闪到腰了。”

德侯亚医生严肃地点点头说：“这段时间我们会好好照顾你弟弟。”

亚当盯着地上，问：“雅思米娜会被解雇吗？”

“不会，她不会被解雇。”医生回答。

“她会被惩罚吗？”我问。

“这里不是幼儿园，还有别的问题吗？”

“跟我来吧。”亚当声音沙哑地对我说。说完，他转身走开。

我站在原地。

德侯亚医生走向咖啡机，他按了意式浓缩咖啡的按钮。咖啡机还在运转的时候，我走到他旁边。当乞丐的滋味不怎么好受，但是也没办法，我必须让他明白。

我问：“您知道我用黑色马克笔在脸上写了什么吗？知道为什么我需要消毒酒精吗？”

他没说话。

我说：“‘妈妈该死’，就是这四个字。所以雅思米娜才会帮我。”我抬头看着他。他至少有两米高，我相信他的头会撞到某些门框。我问他：“您的爸爸妈妈还在一起吗？”

他从咖啡机下方拿起杯子，皱着眉说：“这不关你的事。可是如果你想知道，他们在我十三岁的时候就离婚了。”

“真的吗？我的爸妈在我十二岁零两个星期的时候离婚了。”

他一边搅拌着咖啡，一边问我：“那你现在几岁？”

“十二岁零三个星期。”

他一下子无话可说。

然后他开口：“我替你感到难过。”

我看到亚当站在走廊的尽头，他在等我，可是我还不想走。我不认识任何父母离婚的大人，或者可能只是我不知道。也许我的班主任曾经很多年都带着来回包，或者是我的体育老师、理发师、国家总理，他们的父母早就不在一起了，只是他们都没说而已。

我继续问德侯亚医生："那您现在的感觉怎么样？已经没有那时候那么糟了吗？现在您有自己的房子，而且救了很多宝宝，还生气您的爸爸妈妈离婚吗？"

他笑着说："没有。幸好，我已经不再像当时那么生气了。"

他喝完最后一口咖啡，丢掉一次性杯子，突然拍了拍我的肩膀。我吓了一跳。

"走吧，我们要追上詹姆斯狄恩。我和你们一起去看本雅明，就五分钟。"

我不知道詹姆斯狄恩是谁，但他指着亚当。我们穿过长长的走廊朝亚当走去，我感觉血管里的血液涌动着，直到指尖。我还是宁可跳进火山口，可是如果要我替雅思米娜选择——德侯亚医生还是沸腾的熔岩浆——我也许会选择医生。

新生儿重症监护室不是随便可以进去的。亚当和我必须先做充足的准备。我们口袋里的所有东西都必须拿出来放在寄存柜里，包括身上穿的毛衣，我把戒指藏在亚当的钱包底下。

我们用很多肥皂泡清洗双手和整个前臂，最后还擦了消毒酒精。等酒精挥发的时间，我看着亚当。我们现在可以进去看他的弟弟了，但他看起来并不觉得是我的功劳。

我低声说："你之前一定见过他了吧？"

他面无表情地回答："圣诞节第二天，他刚出生的时候。可是后来他的情况变糟了，体重应该要增加，他却越来越轻。或许我不必亲眼看一个还不存在的人慢慢死去。"

我不想让人察觉到我很紧张。德侯亚医生打开灰色的门，我们跟在他后面走进去。

里面比我想象的热，还很可怕。新生儿重症监护室并不是舒服的婴儿房，而是一尘不染的工厂。房间中央有三个自动摇篮，下面装的是可以伸缩的支架。周围的灰色机器发出低沉的声响——有彩色图表的屏幕、加热灯，还有一些我不知道名字的设备。只听得到哔哔声和噗噗声，但是没有哭声。每个保温箱都有塑料盖子，上面又盖了毯子，所以看不到婴儿。

我们和德侯亚医生一起走到最后面那个自动摇篮旁边。

我很快地瞄了亚当一眼。我现在知道亚当为什么脸色苍白了。这里的婴儿不像是妈妈生出来的，而像是被培育出来的。

德侯亚医生掀开毯子，我们可以透过一扇小圆窗看到本雅明。

我强迫自己不要退缩。里面的小生物只穿着尿布，头上戴着一顶蓝色条纹的帽子。他的脸像个糟老头子，裸露的肚子上下起伏着。他的皮肤干燥又皱皱的，没有普通婴儿的肤色，而是有点透明的红色。

透过小窗，我看到一只小手挥舞着。粉红色的手指几乎是透明的。我觉得喉咙像有什么东西哽住。一个像这样有妖怪脸蛋的小生物真的能长成普通的婴儿吗？一个普通的弟弟？一个正常人？

德侯亚医生小声地问："亚当有没有告诉你，那些小管子是做什么用的？"

我摇摇头。

"他身上的那些连着白色贴片的仪器用来测量他的状况，监测他的呼吸、心跳和体温。他可以通过手臂上的输液管获得营养，鼻子里的管子则用来输送氧气。"

我轻声问："他听得到我们说话吗？"

"当然。"

我心跳加速，我告诉自己不要害怕。我对自己说，这不是火星人——他是小孩。一个暂时必须留在“工厂”里的小孩，但不久就会长好。

我看着亚当。

我说：“我还在我妈妈肚子里的时候，她会唱歌给我听，好让我熟悉她的声音。如果你……”

亚当当然不肯唱，他一动也不动地盯着那个“世界上最漂亮”的奇迹宝贝，身上每一块肌肉都绷得很紧，仿佛他面前是个拿着斧头的僵尸。

我握紧拳头。也许本雅明还称不上是一个弟弟，可是再怎么说他也是一个病人。

我一定可以做到。

我开始轻轻地唱：“睡吧，宝贝睡吧……”

我的小病人皱起小鼻子，握起一个迷你拳头。我立刻震惊得起了一身鸡皮疙瘩。

第12章

我有上千件想做但是做不到的事。

我想问关于本雅明的事，可是我害怕知道答案。

我希望亚当的表情不再那么阴沉——好像整个地球都变成了医院一样。

我想要忘掉火山，而且——

他的手机响了，我们刚刚离开那个病房。他在一扇大窗前停下来。

“喂？”他看着我，“是的，她在这里——”他把手机给我：“你妈妈。”

突然间我又感觉到肚子里的那根螺丝钉。

我很快地问：“她的手指尖要缝回去了吗？”

妈妈在手机另一头说：“还没。可是我们觉得你在医院里晃得够久了。”

我简短地回答："等要缝的时候我就会回去。"一个穿着足球衣的人走过去，手臂裹着石膏，一只眼睛肿得发紫。

妈妈继续说："菲莉希亚，我知道你有个很糟的假期，但这并不表示你可以为所欲为！你要适可而止，别老做些离经叛道的事。"

我闭上眼睛，本雅明的小老头子脸出现在我眼前，接着是布丽米娜的拉链，以及本特的指尖。

妈妈轻声说："你妹妹现在受伤了。本特真的很勇敢，你却丢下她一个人，你是怎么想的——"

我大喊："我的手摔断了！"我心跳加速。

"什么？"

"我们刚刚到外面去，结果我不小心在雪地上滑了一跤。我现在人在石膏室，上完石膏就回去你们那里。我必须挂了，他们马上要开始了。"

妈妈大喊："等等，你在哪儿——"

我挂掉电话，把手机还给亚当。手机马上又响起。

我立刻说："我不要再跟她说话。"

亚当摇着头说："不是打给你的。"他接起电话说："妈？"

我的手在发抖，我双手抱着肚子走到冰冷的窗前。这个城市已经变成南极洲，屋顶、树木、街道，所有的东西都被覆盖在白雪底下。汽车缓慢行进，有的甚至完全停了下来。

“真的？”我听到亚当问，“德侯亚医生马上就打给你们了？真没用。”

他叹了一口气说：“正常，或者，好吧——正常……看起来还是像 E.T.，他们可以借他去拍续集。”

我把手伸进口袋里，捏着戒指。一场暴风雪在我的脑海里狂吹，我的大脑快冻结了。

我听到亚当问道：“塞车塞了四十八公里？那收音机怎么说？”

他继续听着，然后突然提高音量：“要我去当袋鼠？你疯了！”

他猛摇头：“他们不会允许的，只有爸爸妈妈可以。”

他沉默了一下。

“德侯亚医生说的？好了，别再说了！”

他毫无预警地把手机往窗户上用力一扔，差点就砸到我的头，我吓得往后跳开。手机掉到地上解体成三块，周围突然一片死寂。我盯着那些碎块，好像它们是指尖一样。灰色屏幕裂得像布满了蜘蛛网。我仿佛听到了嘟嘟嘟的声响，可是这根本不可能。

我战战兢兢地看着亚当，他的头发遮住了眼睛，不苟言笑。难道说在上中学前还要先接受训练——练习如何摆出这种冷漠无情的样子。那再过半年我也得练习，在这之前，我偶尔还是需要老虎面具。

亚当用脚把碎片扫在一起，然后捡起来放进裤子口袋。他一声不吭地走到我旁边。

“当袋鼠？”我问，同时看着外面的大雪。

“我才不管。”他回答。

“那是什么？”

“他们称那是‘袋鼠式护理’。”他叹了一口气说，听起来很像在念教科书，“爸爸或妈妈裸露上半身坐在保温箱旁边。他们会把 E.T. 抱出来，放在爸妈赤裸的胸前，维持至少一个小时。”

我皱起鼻子问：“为什么要那么做？”

“他们说那样对外星人很好……”他凝视着白色的城市继续说，“因为下雪塞车，我爸妈的车在路上动弹不得。我提醒过他们，可是他们非去看奶奶不可。现在他们赶不回来，要我代替他们去当袋鼠。他们以为我会去做那么可笑的事，去抱那个 E.T.……”

“但如果那样真的对本雅明好呢？”

他直盯着我，表情让人害怕。

他低声说：“我是认真的，我已经受够那个怪物了。”

“可是他才出生一个星期啊！”

他摇着头说：“你什么都不知道。要是我爸妈能决定，我们不会相差十五岁，而是三岁。那是因为从我三岁开始，他们就很想再要一个孩子了。我妈妈流产了七次，她现在四十一岁，他们终于等到他们的宝贝了。”

他把脸上的头发拨开。

“过去十二年，我被冷落了不知道多少遍，参加过一次戏剧表演，学会用手指吹口哨，摔过一次脑震荡，过了十二次生日。一直以来……”他清了清喉咙，“一直以来我爸妈只在意下一个小孩——那个还不存在的小孩。”

我看着他，完全不能理解，跟他同住在一个屋檐下的人怎么可能对他视而不见？有了亚当怎么可能只想着下一个小孩？

我等了至少整整一分钟，确定他不打算再说什么，我才开口问：“如果你不想去当袋鼠……那你要不要来帮我偷石膏？”

“什么？”他惊讶地问。

我咬着嘴唇。“如果我要回本特那里，我得假装有一只手臂摔断了。我们现在就去偷石膏，你可以帮我上。我今天早上看到过怎么上石膏。”

他盯着我看了好一会儿。

之后他才开口：“要不要我先弄断你的一只手臂？这样会更真实。”

我想到他的手机，想到那布满裂痕的屏幕。然后我用手捂着嘴说：“糟了，我们忘了布丽米娜！”

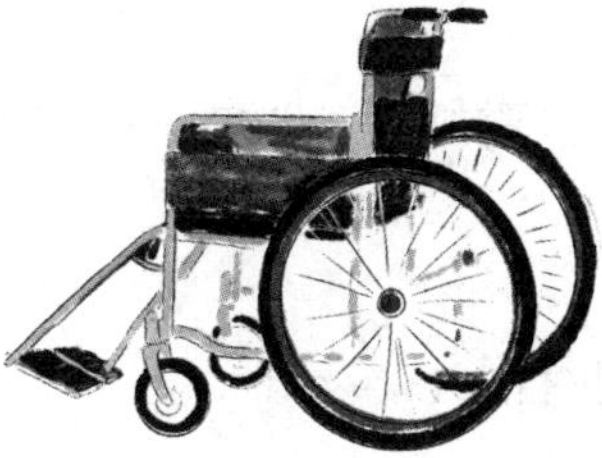

第13章

我们到了全是落地窗的那条走廊，灯光比之前更加灰暗。布丽米娜孤单地坐在轮椅上，凝视着被雪覆盖着、像海浪般连绵起伏的屋顶。一直到亚当和我站到她背后，她才转过来。

她愤怒地说："我以为你们再也不会出现了。"

接着她突然大哭起来。"我以为你们觉得我是笨蛋！我以为你们想：哈哈，我们就让她一个人坐在那里等到死吧！"

她背后的白色世界看起来像圣诞卡上的图案，又像医院。

她哭着说："爸爸还问我，需不需要等妈妈来了再走，他可不可以离开去开一下会？我回答：喔，你走吧，反正我必须去找我的朋友。然后我还为雅思米娜和医生做了些调查。"

她一边高举一本上面有很多粉红爱心的笔记，一边还用黑白相间的条纹袖子抹了一下鼻子。

亚当在我背上推了一把，小声地说：“是你把她找来的，而且你是女生，做点什么！”

我犹豫了一下，然后蹲到她面前，对她说：“欸——布丽米娜……”

她疑惑地看着我，灰色的眼睛闪着泪光。

我清了清喉咙后说：“你有没有兴趣和我们一起去偷石膏？”

她坐直了起来，接着又瘫回轮椅上。

她生气地说：“你们两个难道办不到吗？如果是要偷一台X光机，那还可以理解。但只是偷个石膏，你们究竟需要多少人？”

“你可以当我们的掩护！你坐在轮椅上，还有伤疤，可以转移别人的注意力。”

亚当也点头说：“我们的确需要你。”

我希望布丽米娜永远都不需要练习如何摆出冷漠无情的样子。她露出笑容，突然间我伸出双臂拥抱她。

我们一步一步通过走廊，布丽米娜整个人歪歪斜斜地瘫坐在轮椅上，两手垂在手把上。她的犯人服半敞开，每个人都可以看到她胸前的纱布。亚当驼着背，慢吞吞地走在轮椅后面，我则是一脸悲伤地紧握着布丽米娜无力的手。

没有人敢正眼看我们，因为我们的样子太可怜了。

布丽米娜悲伤地说："你知道吗？王医生说也许星期一我就可以回家了。"

"真的吗？"我们说话时，我脸上仍维持悲伤的表情。

她深深叹了一口气说："他刚刚和我握了两次手，还摸了我的疤痕。现在我满脑子只有《圣诞节我只想要……》这首歌。"

等到走廊上完全没其他人了，她坐直身体开始唱歌。我和亚当吃惊地看着对方。布丽米娜响亮的温暖歌声，就像在冰天雪地里走了一整天之后喝到的热巧克力。

亚当惊叹地说："你应该和雅思米娜组一支医院乐队。"

可是布丽米娜摇摇头说："不是医院乐队，而是真正的乐队。再过几天我就出院了，你忘了吗？"突然间她的声音在走廊上回荡："圣诞节我只想跟你——"

"嘘！"我们立刻低声警告。

我捏了捏她的手说："你必须安静下来，过了那一扇门就真的开始了。"

她很快又瘫回轮椅上。我按了墙上的红色按钮，门开了。

急诊室比早上安静。也许大家都知道路滑，走路要小心。很可能市区其实有很多人滑倒受伤了，只是因为雪太大才没办法到医院来。

我小声对亚当说：“那里，我们必须进到右边的房间。”

我们推着轮椅转个弯，然后停住。那间有五张病床的诊疗室里满是人。每张病床上都躺着病人，旁边还围着病人的家属和医护人员。我们不可能在这里偷石膏。

布丽米娜看着躺在那里的病人，叹了口气说：“为什么人类这么笨，北极熊也不会一天到晚摔断腿。”

我低声说：“还有单人的石膏室。在左边，跟我来……”

我们不能经过九号诊疗室。要是让爸妈看到我的手臂没有摔断，他们就会知道我是一个大骗子，跟他们一样。

“这间是空的！”布丽米娜小声地说。

亚当把轮椅推进房间，我赶紧把帘子拉上。地上有很多白色的碎屑，我闻到石膏的味道。

“首先我们需要网套——”我的心跳加速，我走到一排白色网套前面。我从洗手台拿起一把剪刀，小心翼翼地剪了一段尺寸第二小的网套。我卷起左手的袖子，把网套套上去。接着我看着亚当。

“你可不可以帮我剪一个能让拇指穿过去的洞？”

他小声回答：“你不是想在这里直接动手吧？你疯了！我

们只是先来偷石膏。”

“可是我们需要的东西都在这里……”

他摇着头说：“万一被抓到了，他们一定会把我们赶出医院。这个我百分之百确定。”

看到他一脸正经，我立刻明白了。本特的指尖今天就会缝回去，我只需要在这里待几个小时，可是没有人知道E.T.还要在自动摇篮里躺多久。

“让我来吧！他们不能把我赶出去。”布丽米娜自告奋勇地说。

我看得出来亚当在犹豫。我们不过认识几个小时，他不必为了我冒这种险。

最后他冷冷地说：“把剪刀给我，布丽米娜一定会把你的拇指剪掉。”

我坐到床上，亚当站到我旁边来。他非常仔细地在白色网套上剪了一个刚好是婚戒大小的洞。这一次没有消毒酒精，所以我现在可以闻到他身上的味道——清新的雪加上薯条的味道。

接着我轻声说：“现在我们必须要用药棉，我不要奇怪的颜色，白色的就好。”

布丽米娜小声问：“等一下我可不可以在上面签名？”

我点点头。

早上护士替那个壮硕病人的手臂上石膏的时候，我看到是怎么弄的。在网套上铺一层薄薄的药棉，再裹上石膏绷带。那是一大块硬邦邦、摸起来很粗糙的东西。先把它整个浸到水里，再拿出来包在手臂上。

我告诉亚当该怎么做。我看得出来，他渐渐觉得好玩。他的动作很快，手也没发抖，嘴角露出浅浅的笑。

突然间我们听到有脚步声越来越近。

亚当愣住了，布丽米娜睁大眼睛看着我。我连脚指头都能感觉到心跳。我们不敢发出任何声音。帘子飘动了一下，

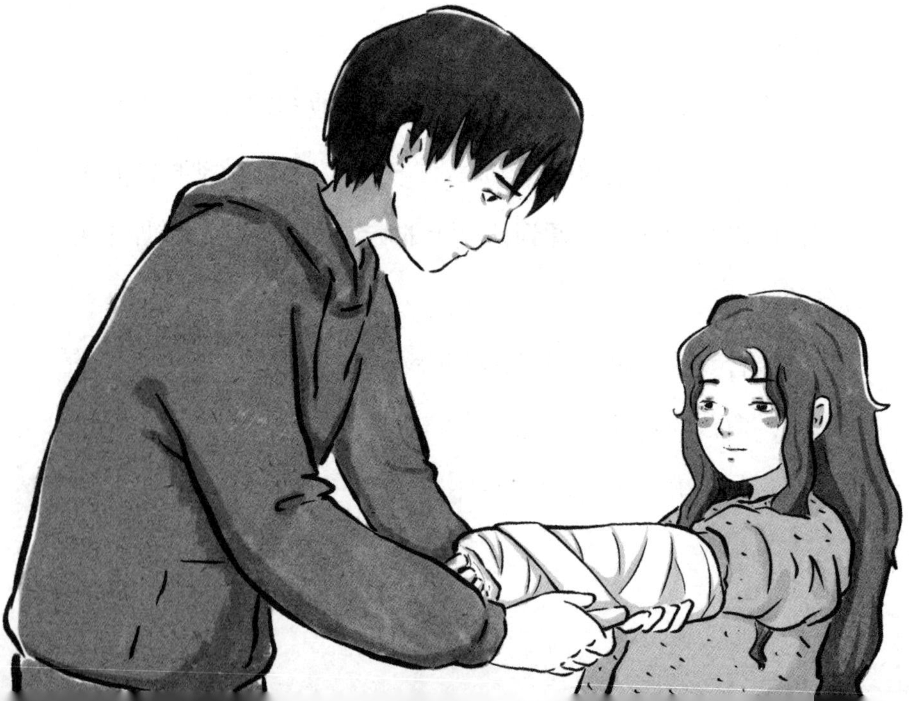

可是没有人进来。亚当深吸了一口气，然后偷笑。

他小心翼翼地把湿石膏包在我的手臂上。因为有网套和药棉，我不觉得湿凉，但是手臂立刻变得沉重。

他小声地问：“你觉得怎么样？要不要再上一层比较保险？”

我点点头。

布丽米娜也低声说：“看起来好像真的。我也想摔断……”

亚当准备好了第二层石膏。混合着水和石膏的湿答答的液体不断滴下来——雪融化后滴下来的水是透明的——可是现在滴到地上的水滴是白色的。

“这石膏要等上三个星期才能拆，之后就痊愈了。”亚当的声音酷酷的，就像德侯亚医生的声音一样神圣。

第二层石膏已经来到了我的手臂上方。突然间我的脑子里出现早上的回声：*这个破裂的家庭非常需要上石膏……*

“等等！”我说。

我从口袋里拿出爸爸妈妈的戒指，放在我白色的手臂上。我用一根手指把它们推在一起，然后看着亚当说：“现在可以上第二层了。”

他看着亮晶晶的戒指问：“认真的吗？这是……”

布丽米娜在旁边小声地说："我爸妈也有这样的戒指，是他们的婚戒！"

我不耐烦地说："赶快上石膏！"

就在这个时候，我们又听到走廊上传来脚步声。

亚当以闪电般的速度帮我裹上第二层石膏，戒指不见了。亚当按压石膏，白色的水滴滴到我的裤子上。布丽米娜紧张地说："快点！"

接着帘子被拉开了。

一个红头发的护士站在门口，她看着我坐在床上，布丽米娜坐在轮椅上，亚当站在一旁，可是没有医生，没有护士，没有爸爸，没有妈妈，没有爷爷，没有阿姨。

她看着身旁的老先生说："真奇怪，我以为这间房间是空的。"

亚当把两只沾满白色石膏的手藏在背后，我努力让自己看起来像受伤的样子。布丽米娜神情愉快地说："我姐姐的手摔断了，都怪可恶的大雪！"

"我们在等医生，他马上就回来了。"我的声音在发抖。红发护士皱起眉头说："太奇怪了，电脑上明明就……"她叹了一口气继续说："我再去查清楚。"

她又把帘子拉上，我真想尖叫。

亚当紧张地说：“快走！”

“可是我还需要一条三角巾。”我说。

“没时间了！”

他立刻推着布丽米娜的轮椅往外走，我也从床上跳下来。我在原地停留了一下下，迅速把石膏抹平。石膏现在已经不是冷的，慢慢变得很热。

如果仔细看，还是可以看出我手臂上有两个小圈圈。尽管不像奥运五环的圈圈那样重叠，但它们确实挨在一起。

第14章

我很怕自己会昏倒。

我的石膏还是湿的，裤子上沾了很多白点，再过几秒钟我就得告诉爸妈究竟发生了什么事。

我小声地对布丽米娜和亚当说：“你们在外面等一下。”

然后我走进九号诊疗室。

一个很高很瘦、将金发绑成马尾的医生抓着本特的手，她表情坚定，正在拆本特手指上的绷带。妈妈站在旁边，爸爸还是坐在侧边的椅子上，身体往前倾，两手撑着脸。

“你终于回来了！”妈妈立刻盯着我的手臂，同时开口，“我打了上百次的手机给你，可是都没有人接……”

本特兴奋地喊道：“你刚好赶上我的手术！”

“亲爱的，你的手……”爸爸站起身，向我走过来。可是他突然脸色发白，接着整个人倒下去，脑袋砰的一声撞向地面。

本特和我同时大喊：“爸爸！”

我跑到他旁边跪下。爸爸一动也不动，闭着眼睛，额头上都是汗水，嘴唇还发白。

金发医生冲到门口把头伸到外面。

她大声求救：“快来帮忙，我们这里出状况了！”

不等有人回答，她立刻蹲在爸爸旁边，检查他的脉搏。我紧张到快没办法呼吸了。

本特在床上问：“他死了吗？”

医生回答：“没有，他——”

这时爸爸睁开了眼睛。

我马上问他：“你还知道自己叫什么名字吗？”

他嘴巴扭曲，身体滚到侧面，双手抱着膝盖，一脸痛苦地说：“我的肚子……”

金发医生马上说：“对不起，让我检查一下。”

爸爸稍微放手松开膝盖，医生掀起他的毛衣和 T 恤。她很小心地压他的肚子，爸爸痛苦地呻吟。

“你痛多久了？”

“从今天早上摔倒之后，”爸爸低声说，“从自行车……”

我突然觉得全身冰冷。事情的经过浮现在我眼前：早上爸爸高高兴兴地对我挥手，接着他们瞬间翻倒了，本特跌到雪橇上，而爸爸……

“他从自行车上摔下来。”我大声地说，声音颤抖，强忍住泪水。

“他的肚子正好压在握把上。可是他真的没事。本特流了很多血，可是爸爸一点事也没有。”

杜威冲了进来，看到爸爸躺在地上，吓了一大跳。一个白头发、眉毛看起来很吓人的医生跟在他后面进来。我必须退到一边，因为白头发医生也要检查爸爸的肚子。爸爸再一次呻吟。

“像木板一样硬。”白发医生说。

金发医生报告：“这位先生早上从自行车上跌下来，肚子正好压在握把上。”

白发医生点着头说：“闭合性创伤。我看必须做超声波，但还是要在电脑上看一下医学影像。杜威，你去找一张床。我会提前通知放射科做准备。”

杜威和白发医生又离开了。妈妈很快在爸爸旁边跪下，对爸爸说：“尤斯特，你早该说你肚子痛的。”

他沙哑地回答：“原本没有那么糟……”

“可是你一直坐在那里不吭声，我根本不会知道事情不对劲！”

爸爸的呼吸声很沉重。

杜威喊着：“床来了！”

他和另外两名护士一起推着一张窄小的病床进来。我和妈妈让到一边，刚好让床可以进得来。杜威和其中一名像健美先生的护士搀着爸爸慢慢站起来。他喘着气坐到床上，一躺下来就又把膝盖往上缩起，然后闭上眼睛。

我看着爸爸躺在白色的病床上。这种状况我只在电视上看过：医生从四面八方跑过来，你不用拿彩色分诊牌在候诊室等个老半天，病床马上就会被推走。那是你没办法想象的痛。

妈妈现在的脸色几乎像爸爸刚刚那样苍白。我看到她的眼神在爸爸、本特和我之间徘徊，最后回到爸爸身上。

她迟疑地说：“尤斯特，本特的手术马上就要开始了，我想我还是留在这里……”

本特大喊：“不用，你必须跟爸爸去！”

“可是宝贝，你的手术……”

我激动地尖声大喊：“你看看他现在这个样子！你当然应该跟去，我留在这里照顾本特。”

我妹妹点头说：“爸爸不可以自己一个人。”

我脑子里闪过他们早上的对话。这段日子爸爸自己一个人过得很糟。

杜威严肃地说：“他们现在真的必须走了。”

两名护士动手推着床，妈妈点点头。她先拥抱本特，也抱了我一下。她脚上穿着崭新的跑鞋，快步跟上被推走的病床。

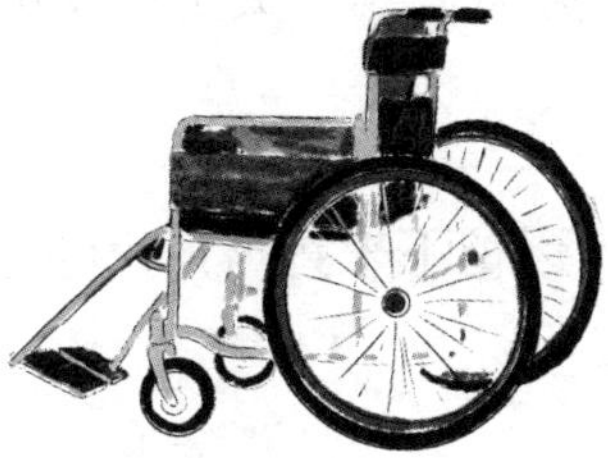

第15章

九号诊疗室里静悄悄的，一点声音都没有。要不是我咬紧了牙关，牙齿一定会打战。我耳朵里还回荡着爸爸的呻吟，脑海中医生的密语则像雪一样下个不停：像木板一样硬、闭合性创伤、放射科……

从现在起别无选择：我必须勇敢、坚强。妹妹马上就要接受手术，我是唯一可以握住她的手的人。我手臂上的石膏已经变硬，很奇怪的感觉，好像我是个身上穿了盔甲的骑士。

诊疗室里还很安静的时候，亚当和布丽米娜走了进来。

我完全忘了他们还在外面的走廊等我。布丽米娜端正地坐在轮椅上，亚当担心地看着我。

我赶紧对杜威和金发医生说：“这是我的表哥和表妹。”

他们惊讶地看着布丽米娜的轮椅，再看向我的手臂，最后看着本特的指尖。

亚当喃喃地说："我们这一家人最近很倒霉。"

我坐到本特旁边。她很紧张，看起来像第一天上中学的小学生。

我小声问她："亚当和布丽米娜可以留下来看吗？我也可以请他们离开……"

本特声音沙哑地说："他们可以留下来，只要不会晕倒就好。"

我点头。希望这辈子再也不用看到有人晕倒。

布丽米娜不安地问："我们的舅舅怎么了？我们都突然听到了砰一声，接着就看到他躺在病床上被推走了！"

杜威和金发医生面面相觑，我不知道他们的眼神代表什么意思。

然后杜威回答："他的肚子里有状况，也许是内出血，因为早上的意外。等做完超声波后，医生会告诉我们更详细的情形。所以我们需要有点耐心……"

我在电视上也看过这种桥段，当情况真的很糟糕，那些穿白大褂的医生和护士就会用一些不确定的话——我们会尽全力、需要耐心等待、晚一点会知道得更详细等。

金发医生果断地说："现在轮到本特了。"

她解开本特手指上最后一段绷带。我全身战栗，就好像有人在我的脖子后面放了一块冰块。

杜威说的没错，本特真的可以去演僵尸片。她的手上满是干掉的血迹，可是被削掉的指尖依然鲜红湿润，那里已不再流血，可是也还没有凝结。那画面十分恐怖。

我整个人发着抖。

我问金发医生：“你要怎么做？你看它的样子好像在看一个面包，或是脚垫。”

她冷静地回答：“习惯就好。本特，你知道我们现在要做什么吗？”

本特点头。她的脸颊很红，手在颤抖。“我可以选择麻醉的方式：如果我太害怕，你们可以给我打麻药让我睡着，那我就什么也感觉不到了；但是我也可以选一种特别的麻醉剂，那我就会像平常一样醒着。我选后一种。现在你们会在我的手指上打两针，会很痛，可是之后就没感觉了。”

杜威表情严肃地点头说：“那样就算有人把你的手指剁下来，你都感觉不到。所以你要小心，莎拉医生一定很想把你超酷的‘僵尸手指’带回家。”

本特很快回答：“我不要看。菲兹看就好，她喜欢伤口。”

我什么也没说。老实说在这个时候，全世界我最不想看到的就是伤口。我最讨厌那些看不见的伤口，那种在深处淌着血、别人却不知道的伤口。我看着本特的指尖，心想：为什么我们没有察觉到爸爸肚子痛？

我有很多问题想问杜威，可是又不知道该不该问。现在得先等本特的指尖缝回去，之后再来问闭合性创伤会不会致死。

莎拉医生这时说："准备好了。我先打两针，接下来我们要等十五分钟让麻醉剂发生效用。这两针会很痛，可是之后你就完全感觉不到痛了……"

我觉得他们一再强调这两针很痛实在很蠢。究竟想怎样，先把人吓死吗？

本特必须平躺在床上，杜威抓住她的手腕，那只受伤的手放在他们推来床边的小金属桌上。莎拉医生把注射针筒准备好。我看到亚当的脸色变得有点苍白。布丽米娜坐在轮椅的边缘，已经等不及要看针插进本特的手指。当然她自己有很多可怕的打针经历。

杜威解释："这种叫奥伯斯特局部麻醉法，是一个叫奥伯斯特的德国医生发明的，所以用他的名字命名。就像三明治是以英国的三明治伯爵的名字命名；萨克斯风则是比利时的萨克斯先生发明的。"

莎拉医生坐到床边的一张凳子上。我看到杜威紧紧抓住本特的手腕。

“真的有三明治伯爵吗？”我妹妹居然还开心地问。我已经紧咬了牙。

然后莎拉医生把针完全扎进本特无名指的右下方。那一瞬间我看到本特惊吓的表情，接着她放声大哭。

我可以听得出来，她是真的很痛很痛。

莎拉医生没有理会本特的哭喊，慢慢地把麻醉剂注射进去，再把针从本特的手指拔出来。接着再扎第二针，这次是左下方。

她再次以慢动作把麻醉剂注射进去，然后把针抽出来。

“结束了。”她站起来。

本特满脸通红，大声地哭着。她震惊地看着莎拉医生。意外被冰冷的雪橇削掉指尖是一回事，可是一个金发医生竟然让你痛得要命，完全是另外一回事。

杜威也站了起来，他说：“我知道很痛，可是接下来就好多了。我现在去看看你们爸爸的情况，可以吗？”

医生对我们说：“我们十五分钟之后回来，你先休息一会儿……”然后他们就一起逃出去了。

第16章

我抚摸本特的卷发，表现得很冷静。我是能够掌控大局的姐姐，而且我“喜欢”看伤口。但其实我肚子里的自信只剩下薄薄的一层，就像夜过天明时水面上结的霜。只要一不留神，轻轻碰一下，它马上碎裂。

我故作镇静地拆开一包四方形的绷带纱布，拿给本特当手帕。布丽米娜坐在轮椅上发呆；亚当坐在爸爸原本坐的那张椅子上，尽可能远离“被僵尸啃过的手指”。看得出来他很想逃，只是不知道要怎么开口。

我轻声问本特：“你的手指现在感觉怎么样？”

她看看那只一直还放在小金属桌上的手，抽噎了长长的一阵子。突然，她停止哭泣，然后说：“我没感觉了……”

布丽米娜立刻自己推着轮椅靠过来。

她兴奋地说：“真没想到有这么帅的护士，那个黑卷发的。”

我肚子里有东西开始翻滚。

本特警告说：“你不可以抢喔！杜威是我的。他觉得‘僵尸手指’很酷。”

布丽米娜咯咯笑了起来，说：“不要紧张，我有王医生了。他帮我缝好伤口，所以看到我的疤痕他不害怕，还超级自豪。”

我感觉到心里有什么东西碎裂了。

我大喊：“爸爸可能会死掉！”

她们两个看着我。

我尖声大叫：“你们两个笨蛋！”

“你们的脑袋也被麻醉了吗？爸爸刚刚才被推走！你们就在这儿讨论哪个帅哥是谁的！”

亚当小声地对我说：“菲兹，闭嘴，你是想要五个医生冲进来看你发飙吗？”

我愤怒地低声回呛：“你才该闭嘴！别一副好像你最懂的样子，你连自己的弟弟都不敢碰。我爸爸痛了好几个小时，我们都没有注意到。说不定他坐在那里时，肚子里的伤口一直在出血，我们却在做别的事！”

本特又开始哭。我确信麻醉剂还有作用，所以她不是因为痛而哭。

亚当冷静地说："只有你在做别的事。"

"什么？"

“你妈妈和本特一直都和你爸爸待在一起，只有你不在。”

我退后一步，简直不敢相信他会对我说这种话。

亚当耸着肩说：“你一直在抱怨你爸妈抛弃了你，他们很可恶。是的，很明显，今天你是你们家最可怜的……”

我没办法呼吸了。

我没办法再说什么，我走出诊疗室，开始奔跑。白色的外套，灰色的设备，飘动的帘子，紧张的声音，一个尖叫的小孩，一台上面摆满装血液的试管、叮当响的推车，一一从我身边闪过。推开门，穿过单调的大厅，再通过自动滑动门，我终于到了外面。刚出门我差点滑倒，幸好及时停住了脚步。

我喘着气环顾四周。

大雪终于停了。整个城市像是一个荒诞的童话世界，就连最细的树枝都是白色的。这个城市一定被施了魔法，因为我什么声音也听不到。门口附近的雪是灰色的，像糨糊，可是再旁边一点的雪至少有二十厘米厚。每根柱子底部都有一小堆白色的积雪。给病人坐的长椅几乎看不出模样来了。我疯狂地用上了石膏的那只手臂把那些隆起的积雪打掉。

没多久，亚当也从滑动门走出来。他站在那里看着我。他的身材高，一身青少年的打扮，穿着褪色的牛仔裤、灰色的连帽毛衣。他那头深色的头发和四周的雪白形成强烈对比。他的袖子上还有石膏的痕迹。

我用冰冷的手把脸上的头发拨开。

他平静地问："你疯了吗？本特又哭了，她的手术再过几分钟就要开始。"

"你滚开！"清澈冰凉的空气刺痛我的肺，"好像你什么都知道一样……"

我往雪上一踢，雪像糖粉飞溅。"你那副样子像你弟弟根本不存在似的。你的脑袋到底是哪里不对劲啊？你把他当僵尸看，而且拒绝抱他，发疯的到底是谁？"

我大声说："你希望他死掉吗？不然你为什么不肯去当袋鼠？"

他淡淡地回答："再提 E.T. 一次，你就会和布丽米娜一起躺病房。"他的双眼直盯着我，"还记得今天早上你脸上的字吗？如果我是你，我会尽量少用最后一个字。"

我的毛衣太单薄了，冷得全身发抖。从爸爸昏倒的那一刻开始，我就不停想着，上帝是不是搞错了？他误以为我面具底下写的是"爸爸该死"。

亚当对我说："你真是个白痴。所有的婚姻中有三分之一会失败。全世界每个人都知道，结了婚的人也可能会分开，但你却认为自己独一无二，好像离婚是你爸妈专门为了让你不开心发明的新东西。”

我全身颤抖。只有上石膏的那只手臂感觉是坚硬的，其他部分都很脆弱，几乎濒临崩溃。一个脸颊上有严重擦伤的病人经过，我不想知道他发生了什么事。

亚当继续说：“你真的很幼稚。你爸妈一定不是为了好玩才离婚，也不是因为无聊而捉弄你。拜托正常一点好不好！”

我大吼：“是这样吗？我的人生在一个星期前被毁了，现在你要我正常一点？”我摇头继续说，“你到底有没有听进去我之前说的？我妈妈不是为了要捉弄我才离婚，她是为了甩掉我！”

砰一声，停车场缴费机上的雪堆掉落到地上。

亚当叹了一口气说：“你真的这么认为？你不会这么愚蠢吧？”

我一动也不动地站在寒冷中。雪把一切都洗干净了，连同我的脑袋。

我才不愚蠢。

我知道爸爸妈妈并不是这么想：我们希望能不那么经常地见到我们的孩子，要怎样才能实现这个愿望？好，那我们离婚吧！

可是从今天早上起，我也知道了其他的事。

妈妈和我不一样。到今天早上之前我以为我们爱彼此，可是事实并不是这样。我在的时候，妈妈感觉少了什么；而她不在的时候，我感觉少了什么。

我的衣袖湿了，觉得又冰又冷。本特没有家人陪伴，自己一个人在里面等着她这辈子的第一个手术。而亚当终于发现我说的没错，我真的是他认识的女生中最愚蠢的一个。

所以他应该请我吃炸肉饼三明治。

我什么也没说，只是走进医院。

第17章

我的脑子里一团混乱。我往回走的时候，经过显示着彩色条码的计算机屏幕，还有一直响但没人接的电话。我强迫自己只想着本特，如果不行，那就试着想爸爸。可是完全没有用。

我不由自主又想到亚当。

如果你和才认识几个小时的人吵架，那当然就结束了，你们不会成为朋友。所以就算亚当认为我幼稚又愚蠢也没关系，反正我不会再见到他了。

我不知道待会儿进到九号诊疗室时，我该露出什么样的表情。可是我马上就发现，根本没有人在意我。

莎拉医生还没有回来，倒是杜威回来了。他靠在床边，本特和布丽米娜看着他。

好像什么事也没发生过。好像爸爸不曾被推走。

我马上问："我爸爸怎么样了？"

杜威说："还没有进一步消息，抱歉……"

本特挑衅地看着我说："但是他还没死，杜威很确定这一点。"她对我做鬼脸吐舌头："咧！"

"你才咧——！"我也马上回敬。

我们同时笑了出来。可是这时我看到杜威看着我的白色手臂。

他问："菲兹，为什么石膏室没帮你绑三角巾？"

我愣了一下。

布丽米娜大声说："那简直太丢医院的脸了！帮菲兹上石膏的是一个实习医生，他笨手笨脚的，一直把石膏滴到菲兹的衣服上。我说了那个实习医生两句，他就哭着跑掉了。结果菲兹就没有三角巾。"

杜威的眉毛挑得很高，几乎碰到他的卷发，不过他并没有再多说什么。他从洗手台上方的一个盒子里，拿出一条很宽的蓝色绷带，把它绑在我的脖子上。在他看清楚我手臂上的石膏充满气泡而且还没干之前，我赶快转向我妹妹。

杜威走到门口，转过头说："莎拉医生一定是又看到什么有趣的伤口，被吸引住了。我去看看她在哪里。"

他一离开，我让上了石膏的手臂晃过本特的头。我指了指上面那两个小圈圈。本特皱起眉头，摸了一下石膏，随即眼睛睁得好大。

她低声说：“它们在石膏里。这真是最棒的点子！可是医生怎么会准许你这么做？”

我听到布丽米娜在我背后咯咯笑。

我轻声说：“你绝对不可以告诉别人。这是假装的，我其实没有摔断手臂。是亚当帮我上的石膏。”

本特听了大笑，可是神情马上又变得严肃。她用吊点滴的那只手轻轻触摸那两个白色的圈圈。

她低声问："嗨，戒指，你们必须在石膏里待多久？"

没有回应。

"对不起，耽搁了！"莎拉医生回来了，杜威也跟在她后面。我赶紧把手臂放回蓝色绷带绑成的三角巾里。

"我刚刚必须切开一个脓肿。"听起来莎拉医生像是刚刚拆开了一件礼物。她坐回凳子上，在一块纱布上喷了透明的液体。

"本特，你准备好了吗？"

本特回答："嗯，好了。我三个小时之前就准备好了。"

莎拉医生用一块纱布清理血渍。本特没有发出半点声音，但我还是感觉到自己的脸拉长了。这么用力擦伤口看起来就是不对劲。

"僵尸手指"慢慢变干净了。

我再次试着不去想亚当。有那么困难吗？我十二年零三个星期没有想过他，现在只要再继续大约七十八年就行了。

这时布丽米娜对莎拉医生说："我不懂，为什么王医生要人家叫他的姓，可是你叫莎拉医生？因为你还没有结婚吗？"

她不高兴地说："当然不是！"她一边擦得更用力，一边说，"对大人而言，我是亨斯科克医生。只是对小孩子来说，我觉得莎拉医生亲切多了。"

布丽米娜点头说：“那我想王医生觉得‘王’这个姓氏，对小孩子来说也很亲切。”

本特疑惑地问：“为什么？”

布丽米娜回答：“他的名字叫丁邦。”

干涸、变硬的血渍终于清干净了。看来“僵尸手指”是用潮湿近乎白色的肉、淡黄色的皮肤、白色圆形的骨头，还有一块紫色指甲做的。如果那是一件工艺品，我会觉得很棒。可是一想到我看到的是妹妹的指尖，我就不那么觉得了。

莎拉医生拿了一根弯针，上面穿了蓝色的线。杜威抓住本特的手，让她不要动。我看到妹妹从内心散发喜悦。她的手指已经麻醉了，可是其他部分还是有感觉的。

呃——

莎拉医生用纱布把那块像有红色衬里的小圆顶帽擦干，放在那根干净的手指上，完全吻合。

“它真的会长回去吗？”我问。

“我们希望会。如果是大人的话，我们根本不会考虑，因为太老的指尖最后还是会坏死。可是九岁的孩子，指尖再长回去的几率很大。”

“如果长不回去呢？”

杜威笑着说：“那僵尸就又有东西可以吃了。”

莎拉医生在指甲上缝了两针，又在手指背后缝了两针，固定指尖。我看着她熟练的打结，我一只手压在石膏的戒指上。爸爸在工作室里忙着装铰链或是接合燕尾榫时，神情就是这个样子——完全轻松自在，聚精会神地低着头，每个动作都很精确。

我不明白为什么我们一直没有爸爸的消息。超声波要做多久?

莎拉医生在打最后一个蓝色的结时，布丽米娜的手机响了。我知道接下来会发生什么事，但其他人都惊讶地看着布丽米娜拉开她“犯人服”的拉链，从肚子上把手机拿下来，接起电话。

“下午好，我能为您做点什么？。”

她先是不说话，然后叹了一口气：“好吧，我还活得好好的！是的，不要紧张——我马上就回去。”

她板着一张臭脸把拉链拉上，耸耸肩说：“我被逮到了。我爸爸刚刚打电话到病房，问我是不是乖乖地在睡愚蠢的午觉，所以他们现在知道我根本没有跟爸爸去餐厅了。如果有一个病人老是逃跑，我会觉得很有趣，可是他们那些人只会生气。”

她从轮椅上站起来，但只站了一下下又坐回去。

“唉……”她脸色有点苍白，不好意思地问，“有人可以推我回去吗？这里的走廊这么长，真是太没道理了。”

我回答：“对不起，我不能把本特一个人留在这里。”

我摆出一副理所当然的样子——我是很有爱心的姐姐，不是自私自利的小人。

可是本特焦急地向我招手说：“过来！”我把耳朵贴近她嘴边。

她低声对我说：“他们现在只剩下替我包扎，然后就结束了，那我这一生就再也看不到杜威了。可是如果你现在走开，他一定会再多留一会儿。所以你陪布丽米娜慢慢走回去，越慢越好！”

第18章

我当然不会慢慢走，我用跑的，当然是用推轮椅不会发生意外的速度。我抽出挂在三角巾上的手臂，否则没办法推轮椅。我的心脏始终跳得有点太快。

还要多久我们才能知道爸爸的情况？他们要怎么救他？我真希望我现在就是医生，那我就可以通过每一道门，强硬地下命令：我现在就要知道到底是怎么回事！不要再糊弄我。我要真相！

布丽米娜把鼻子抬得高高的，像一只把头伸出车窗的狗。再过几分钟她就自由了，又可以回去和其他病童在一起。

她问："你和亚当和好了吗？你跑掉之后，他跟在你后面出去……现在和好了吧？"

我看着墙上挂的画：雾中的十三座风车。

我回答："不会和好了。"

“这么糟糕！”

我耸耸肩说：“我今天第一次见到他，也是最后一次。”

布丽米娜转头。

她惊讶地说：“我以为你们认识很久了。我还以为只有我是今天刚加入的。”

我摇头说：“我们都是。”

她又靠回轮椅上。我看到她耸肩叹气，然后拿起一直放在旁边的笔记本。她举起粉红色的笔记本说：“在亚当和你把我忘记的时候，我对爱情做了深入的研究。”

我立刻说：“我不想听。”

“可是——”

我大喊：“别说了！我爸爸现在躺在一部超声波机器里，我不知道他到底怎么了。本特和你都疯了，这种时候你们竟然还觉得爱情比闭合性创伤更重要。”

布丽米娜回答：“不是更重要，是

更美好。”

她清了清嗓子说：“菲兹……你一定不知道晚上躺在床上听自己的心跳声是什么样的感觉。想象一下：每一次心跳你都害怕是最后一次。换句话说，你可能当场经历心脏骤停。真的，有时候在黑暗中我几乎要发疯了。你知道我会怎么做吗？”

“吃镇静剂？”

她摇头说：“我会想着王医生，然后就不会发疯了。”

她打开粉红色笔记本，我看到上面写得密密麻麻的。

“我问了十个人，记录他们是在什么样的情况下爱上对方的。很聪明吧！这样我们就可以研究怎样让德侯亚医生爱上雅思米娜。”

我不想再管那么多了。但是要布丽米娜闭嘴是不可能的事。我按了电梯进去，她按下十一楼的按钮。电梯门一关，她开始念她写下的东西。

“一、我的新邻居来帮我修剪苹果树。她从枝丫间看着我的时候，我差点把手指锯掉，之后她再也没有离开过我了。”

电梯上升。

“二、我爱上他的声音。

“三、我们一起看电影《风云人物》，剧终的时候两个人一起大哭。”

我们到了十一楼，布丽米娜又按下三楼的按钮。她低声说：“我觉得坐电梯真的很好玩。可是他们好笨，竟然把儿童病房设在三楼。”她又看着笔记本继续念。

“四、我听到他怎么对他的狗说话。

“五、她给我开了张罚单，因为我夜里骑自行车没有车灯，可是我觉得那根本就不重要。

“六、她跳舞的样子。

“七、我们为了谁可以吃最后一块苹果派大吵一架，可是最后我们一起把派吃光。

“八、虽然他的笑话一点也不好笑，我还是忍不住嘲笑他。

“九、我的汽车爆胎，她帮我换轮胎。

“十、他会安慰我。”

我们到了，电梯门开了。

我心想：**十一、在医院最顶楼看到他坐在轮椅上，这时下雪了。**

我完全是不经意想到的，同时感觉到脸颊红热。

我疑惑地问她：“所以呢？现在雅思米娜必须边笑边跳舞，把苹果派切成两半，这样德侯亚医生就会爱上她了？”

布丽米娜大声说："没错！可是我现在必须先回去小睡一下。你知道吗？当别人清醒过活的时候，我已经小睡掉很多宝贵时间了。"她叹了一口气。

我摇头，感觉脸颊还是烫的。

如果说我刚刚真的是不经意想到亚当，那就糟透了。我不是故意的，而且实在太可笑了。我的意思是我们现在在医院，爸爸和本特受伤了，我们的"伞式谈话"才刚过一个星期。

你要跟一个人说多少次，他才会了解永恒的幸福不存在？

在儿童病房门口，已经有一位护士等在那里，她看起来很生气。

她看着布丽米娜，叹气说："你又偷跑出去了？我真的不知道拿你怎么办才好……"

她从我手上接过轮椅，可是我没有立刻离开。儿童病房的绿色墙上画了高高兴兴跳着舞的老虎和袋鼠。这间四人病房里，只有左边靠窗的病床是空的。床头上的板子钉满了卡片，旁边的桌子上摆着笔记本电脑和厚厚一叠光盘片。

布丽米娜在这里躺了十一天。

趁布丽米娜无声地脱下身上的"犯人服"、换上粉红色睡衣的时候，我偷偷观察病房里其他的孩子：一个顶着大光头的男生，年纪应该和我差不多；一个肤色比较深的女孩，腿上有铁支架；还有一个脸非常瘦削的小男生。

布丽米娜深深叹了一口气，头靠在枕头上。

她抓住我的手臂说："你会让我知道你们爸爸的情况吧？你保证你会回来吧？"

"嗯，我会回来。但是我现在必须回去本特那里。"

她突然在床上又坐起来，紧张地问："菲兹，等一下！五年级的学生也要上台做报告吗？像四年级的时候那样。"

我回答："在我们学校要的。"

"那我可不可以在报告的时候介绍你？然后带你到我们班上，让他们也认识你？"

我说："嗯，我想他们会觉得有点奇怪。"

布丽米娜叹气说："你知道吗？要在短短几个星期内变成普通人，是不可能的。我现在明白了。我应该更早开始，可是那时候我一直在想关于肺功能不全的事。现在才开始太晚了……"

我把手臂放回三角巾上，对她说："我认为一点也不晚。"

她疑惑地看着我。

我说："在我认识的所有人当中，你是最没病的。"

她灰色的眼睛闪着光彩。“真的吗？”

我点点头。

第19章

在电梯里我安静地站着，可是在回急诊室的路上我拼命奔跑。一到九号诊疗室，我一手拉开门口的帘子。

里面一个医生很凶地大喊："拉上！"

床上躺着一个裸露巨大乳房的女人，她没有流血。可是如果我有一对大到垂到肚脐的乳房，我也会到医院报到。

我喘着气问："本特呢？"

那个女人用双手遮着乳房，当然没用。她至少需要十只手。

那医生朝我走过来，在我面前把帘子再次拉上。

"这病房现在有人，拜托回去你爸爸妈妈那里。"

我倒抽一口气。难道本特肚子里也有看不见的伤口？她也昏倒了被紧急送到放射科去了？我开始担心，但就在这个时候我听到她高八度的笑声，我转身。

她和杜威站在自动咖啡机旁边。她包扎起来的那只手放在三角巾上，嘴边长了一道巧克力牛奶“胡子”。

“杜威正在讲医院里可怕的故事给我听！”她那样子好像坐在篝火旁边听故事，“菲兹你知道咬骨钳吗？”

我没说话，也去端了一杯热巧克力。还不知道爸爸人在医院的什么地方，我现在没心情听什么恐怖故事。布丽米娜那十种坠入爱河的方式还在我脑子里环绕。太可笑了，看一个人跳舞、帮忙修剪树枝，或者在医院的最高那层楼……

“用咬骨钳剪骨头超级方便。”杜威一派轻松地说，“最近我们有一个病人，他从楼梯上摔下来时，婚戒被什么东西勾住了……等送到医院的时候，他手指上的肉都不见了，只剩下骨头，戒指把肉都刮掉了。这时候莎拉医生就用了咬骨钳。”

本特睁大眼睛问：“真的？他的婚戒被勾住了？”

我看着手臂上的两个小圈圈，这时突然听到妈妈的声音：“你们在这里！”

她从走道的另一头跑过来，直发变得凌乱，鞋底摩擦地面嘎吱作响。她一把搂住本特和我。我的热巧克力溅了出来，烫到我的手指。

我立刻问：“爸爸在哪里？”

她叹气，看起来好像她开车不小心撞死一只小狗。本特的双眼睁得好大：“他死了？”

妈妈用力摇头说：“宝贝，不要胡说八道！他们正在替他开刀。”

我着急地问：“现在？”

她点头。我想从她的表情推测情况的严重程度。可是自从“伞式谈话”之后，我已经看不出她认为什么事情很严重。

“他的肚子现在怎么样了？”

“他们还不清楚状况。”她看了看四周，想找一个比较好说话的地方。

本特大喊：“告诉我们！”

她清了清嗓子说：“超声波结果上看不清楚什么地方出血，所以他们想进一步扫描。可是这时候爸爸突然失去知觉，情况紧急，没有时间再做检查了，必须马上进手术室。他们现在要打开爸爸的肚子，看伤口在哪里，试着替他止血。”

我听到她说“试着”，感觉是非常糟糕的意思——因为找不到伤口就打开肚子？医生要怎么样在都是血的肚子里找到闭合性创伤？要是他们一直找不到伤口怎么办？

本特哭丧着脸问：“爸爸会不会死？”

我生气地回答："每个人都会死。你可能喝热巧克力呛死，杜威可能不小心踩到一摊血滑倒，妈妈可能心脏病发作，我可能——"

"菲莉希亚，拜托……"妈妈双手环抱着身体，好像觉得很冷。

我看着她，可是不知道该怎么做。

我不想安慰她，因为她已经不想要爸爸了。设想一下，要是你把车卖掉，一个星期之后听到新车主把车子撞烂了，你肯定不会哭，你只会庆幸还好早就把车给卖了。

妈妈看着杜威问："这里都好了吗？"

他从胸前的口袋掏出一个信封说："这是莎拉医生开给本特的止痛剂药单，三天之后麻烦带她复诊。"

他跟妈妈和我握了手，然后站到本特面前。

他们要道别了。我看到妹妹在犹豫，这让我想到雪中的亚当。我再也见不到他了，我们闹翻了。

本特看着杜威说："如果有一天你看腻了伤口，要不要来加入我的'狗戏团？'"

他抓起她的左手，郑重地吻了一下。

爸爸妈妈离婚了，我们还算是一家人吗？我不知道。

医生认为是，因为我们必须在亲子活动室等。医院把这里装潢得像家里的客厅，里面有紫色的沙发、台灯、一柜子的游戏。本特马上走到大窗子前面，因为她在九号诊疗室待了好几个小时，不知道外面下雪了。

她张大嘴巴看着外面的白色世界。路灯像戴了帽子，屋顶被覆盖在白色的被子底下，汽车变成蜷缩在那里睡觉的动物。

我看着妈妈，她仍然是原本的样子，可是她的眼神不一样了。

本特转身问："如果爸爸没事了，你们会再试着结一次婚吗？"

我的手压着石膏上的两个白色圈圈。

妈妈轻声说："不会，宝贝。"

"可是你不希望他死，你那么担心他！那表示你还是很爱他，不是吗？"本特大声问。

我知道她接下来会说什么。我们已经听了一个星期了：她很爱他，但是方式不一样了。不过令我惊讶的是，她什么也没说。妈妈用手遮住脸，哭了起来。

我和本特惊讶地看向对方，我们从来没有看过她这个样子。她的手指颤抖，缩着肩膀，哭得好伤心，仿佛这个世界会一直这么悲惨。

本特马上走到妈妈身边，用一只手臂搂着她。我整个人呆住了。

妈妈沙哑地说："对不起。我……"她擦了一下鼻子，摇摇头说："我只是吓坏了。一下子发生了这么多事……"

我走到角落的厨房，打开一个又一个柜子。我现在最想做的是把手臂上的石膏扯下来，随便丢进哪个桶子里。医院都把截掉的腿和不会再长回去的指尖扔到哪里？我的石膏还有戒指也该丢在那里。

可是再想一想，我现在还不打算扯下石膏，也不要去找剪刀，因为我还不能失去我的盔甲。

我把水装进热水壶，把医院的花生酱涂在饼干上。我不想爸爸，也不想亚当。我不去想看不见的伤口，也不去想亚当认为我有多幼稚多愚蠢。

我不去想他怎么帮我擦掉脸颊上的"死"字。

第20章

我们看电视，或者说我们假装正在看电视。

布丽米娜的爸爸妈妈在她心脏接受手术时是怎么撑过去的？他们也喝米老鼠杯子装的速食汤吗？而且不停上厕所，刚上完又想上？

本特把头枕在妈妈的大腿上，没多久就睡着了。我坐在另一张沙发上，看着愚蠢的烹饪节目。一个看起来患多动症的男人在煮汤。他用一把大刀切着十个剥了皮的西红柿。我一直在想，肚子里什么器官会流血？肝？肾？还有什么？肠子会出血吗？胃呢？我不知道。

那个看起来患多动症的男人拿着搅拌器开始处理切好的番茄。西红柿汁从锅里飞溅出来，洒得到处都是，那个男人大笑不止。

我不由自主又想起刚刚我对着亚当大吼的话。他不在乎本雅明，他很可能希望弟弟死去。

突然间，我像从梦中惊醒。

我第一次想到：为什么亚当会在医院？雅思米娜和德侯亚医生并没有想到他会来，他的爸妈出远门去看他奶奶了。亚当大可以待在家里，可是他到这里来了，和他弟弟置身同

一栋大楼里。他在最上面一层楼站岗，为什么？

我刮下杯子内最后一点细面条，看着妈妈。我心中锯齿状裂痕的边缘互相摩擦着。

我小声说：“如果爸爸死了……”

她立刻回答：“他不会死！”

我又说一次：“如果他死了，你就得一个人照顾本特和我，你就再也没有办法成为你自己了。”

她盯着我看。

我低声说：“今天早上在爸爸的新家，我听见你对爸爸说，你要享受没有我们的日子，你已经计划好一堆自己一个人想做的事，喝鸡尾酒、追电视剧、吃垃圾食品……”

她没有动，因为本特还在她腿上睡觉。“你都听到了？”

我点头。“所以我才会在脸上写那些字。”

现在我们之间的距离不到三米，可是感觉像隔了半个世界。如果别的星球上有跟我一样处境的女孩，这时候她们一定会大哭。我是那个唯一可以克制自己的。

“菲兹……”妈妈最后终于开口，“你知道我今天早上送你们到爸爸那里之后做了什么吗？”

“练跑马拉松。”

“没错，可是在那之前我坐着看了一个小时你和本特的照片。你们过生日，我们到瑞典度假，还有一次你们把整个走廊涂得五颜六色……我在电脑前面大哭。日子不能这样过，我的意思是我不能每个星期四、星期五、星期六都在哭！所以我去跑步……”

我保持沉默。

“我在你们爸爸面前吹嘘我忙碌的行程，真的非常愚蠢！但我就是不想让人察觉到，这么多天没有本特和你，我的感觉多么糟糕……”

我生气地回应：“在我面前你总是这么说！可是你对爸爸说，没有我们，你终于又可以做你自己了。这不只是和他有关，也关系到我们！”

她轻声说：“这全是因为我的关系。听起来很可恶，我知道。不过我的意思是我不只是一个母亲，我还是别的……”

我皱起眉头问：“你也可能是一盏路灯吗？”

她叹气说：“等你四十二岁的时候一定会了解，可是在那之前还有很长的时间……”

“那还要等几个世纪！接下来这三十年我都得在脸上写着‘妈妈该死’。”

她的脸色很难看，我看着地上。空调在我们背后不停地隆隆作响。医院里的窗户都不可以打开，所以机器必须日夜不停地运转，输送新鲜的空气，否则我们会窒息。

她说："菲兹，试着想象一下。"

她听起来很严肃："在成为妈妈之前，我这个人就存在了。我一个人，每一天、每一个周末，都可以做我想做的事，吃我想吃的东西，想什么时候睡觉就什么时候睡觉。没错，那很棒。所以，有时候我会希望回到二十五岁，哪怕一天也好。"

我不以为意地说："哼，我也很想随心所欲地想做什么就做什么，整天只吃土豆片，而且十二点才上床睡觉。"

她点头。"可是现在想象一下，有一个魔法师出现在我面前，对我说，你有两个选择：你可以回到二十五岁，完全自由，可是不会遇到尤斯特，也不会生下菲兹和本特；或者，你可以选择坐在这里，在医院，四十二岁，刚离婚，小女儿受了伤，靠在你的大腿上睡觉，你的大女儿非常愤怒，因为你说了很蠢的话。你知道我会怎么选择吗？"

我突然感到非常确定，尽管我对这个世界知道的不多，但我还是想听她亲口说出来。我希望其他星球上的所有女孩都停止哭泣。

我问："然后呢？"

她看着我，眼睛不再是被雪掩盖的无神的眼睛，而是她原来的眼睛——我也有一样的眼睛。

“我会毫不犹豫地说：我选择这里，现在。因为我没有办法想象没有你和本特。”

电视上正在烤苹果蛋糕，一种特别的蛋糕，烤的时候脆皮在上面，到最后才翻面，然后画面上突然出现一圈闪亮的焦糖苹果片。

第21章

亲子活动室的门开了。

出现一个穿深绿色手术服的女人，两只手臂上都是血，脚上穿着白鞋子，头上戴着一顶浅绿色的帽子，包住全部的头发，一看就知道刚从手术房出来。

她看着妈妈问："您是纽文浩斯太太吗？"她的声音感觉既不悲伤也不是高兴，听起来很威严。

我看到妈妈犹豫了一秒钟，她现在已经不是了。幸好她还是点了头。"嗯？"

穿绿色手术服的女人朝我们走过来。这时本特睡眼惺忪的坐起来。妈妈赶紧站起来，和那个女人握手。

"我是梅尔滕斯医生，是刚刚替您先生开刀的外科医生。我是来通知您手术很成功。"

手术很成功。

“他们正在帮他缝最后几针，之后再送他到重症监护室。”

“怎么会……”妈妈清清嗓子，不知道该怎么问，“什么……”

梅尔滕斯医生对我们说明：“他的脾脏因为早上的意外破裂了。刚开始出血不多，因为脾脏的位置在一个囊里——类似一个小袋子。可是后来那个囊破了，才开始大量出血。我们直接把脾脏切除，之后他很快就稳定下来。”

本特大喊：“那他现在就没有脾脏了！”

我问：“什么是脾脏？”

梅尔滕斯医生看着我们。看得出来她一定认为伤口要比小孩有趣多了，可是我不在乎。我觉得她是我见过最酷的女人。那套绿色的手术服，充满自信的声音——我将来也要像她一样。

“脾脏位于腹部的左上方，而且……”她皱起眉头。她必须先把脑子里的密语转换成普通人听得懂的话。

她继续说：“脾脏对血液很重要，可是没有其实也不会太影响日常生活，所以如果脾脏破裂了，我们不会去缝它，通常是把它切除。”

她看着妈妈说：“只要您先生进重症监护室后醒过来，您就可以去看他。到时候会有护士过来带您。还有什么问题吗？”

妈妈摇头，眼睛里闪着泪光。医生离开之后，我们互相拥抱，默默无语。我搂着妈妈和本特，她们也搂着我。我的头顶感觉到妈妈的呼吸。我突然想到：也许爸爸不是像她刚卖掉的一辆车，而是一只狗。

想象一下：你很爱你的狗，可是有一天你不得不把它送人。才过一个星期，那只狗就在新主人家生病了，你当然会非常担心。等到狗病好了，你当然也会很高兴。

本特大喊：“现在我们终于可以把柜子里的游戏拿出来了。来玩游戏好不好？我们不必再伤心地坐在这里等了……”

妈妈笑着说：“你去选一个来玩吧。”

本特看着我问：“菲兹，你要玩什么？”

我站着不动，因为我突然知道自己要什么了。

一开始，本特的手术是最重要的，再来是爸爸的手术。现在则像有一道大浪向我袭来：我必须找到亚当。

我并不是想到那张如何坠入爱河的清单，现在的情况和那没有关系，而是因为我在雪中对亚当大吼。就算以后再也不会见到他，我还是要让他知道，我终于明白，他到医院来，其实是为了看本雅明。

“找一个两个人玩的游戏。”我对本特说，“我现在还有事情要处理。”

妈妈问：“真的吗？你现在又要离开我们了？”

我看着她说：“你刚才不是告诉我，在成为妈妈之前，你已经存在了三十年？那时候你是一个人。”

她等着我继续说下去。

“今天早上，跟亚当、布丽米娜在一起……那时候我不也没有你们陪。事情还没有结束，我去处理一下。”

不用想也知道要从哪里找起：我搭电梯到最上面一层楼，虽然不知道亚当是不是还在医院里，无论如何我都要试一试。

电梯门开了，这次我真希望一开门就看到一个男孩坐在轮椅上，可是走廊空无一人。

我走到最中间的窗户前面，把额头靠在冰冷的玻璃上。一切就是从这里开始的，我第一次看到他就是在这里。外面的天色已经渐渐变暗，可是路灯还没有亮起来。我想着这时候爸爸的肚子上也有“拉链”了，我想到爱上德侯亚医生的雅思米娜，还有德侯亚医生十三岁的时候爸爸妈妈就离婚了。

我搓着石膏里的戒指，我还是不知道：当初爸爸妈妈要是没有爱上彼此，是不是会比较好？本特和我最好不要存在？

也许就是因为我们都在假装，事情才会这么糟。我们假装一切是永恒的，假装相爱可以天长地久，所以之后才会那么令人失望，才会说了那么多谎话，有那么多错误的想法。

也许戒指上只要刻“J&S”。

至于“天长地久 J&S”，用粉笔写在人行道上，或者写在潮湿的沙地上、刚下雪的雪地上就够了。

我挺身站直。

十一、在医院最顶楼看到他坐在轮椅上，这时下雪了。

我看着外面的白色世界，心里骚动不安。我破碎的心的锯齿状边缘接触在一起，正尝试着恢复当初的契合。

我知道自己该做什么了。

我转身走回电梯，我必须到一楼。我穿过大厅，经过装饰着很多亮晶晶气球的花店、书店前面的长椅、静思中心，然后通过旋转门，到了外面。

冰冷的风吹着。灰暗的黄昏让空气更加刺骨，而我冬天的外套还在爸爸新家的搬家纸箱之间。

我快速瞄了一眼，看看亚当是不是站在前檐下。没有。只有一个吊着点滴的女人和一个缺一条腿的男人不怕严寒，站在外面抽烟。

人行道上已经撒了盐来除雪，雪变得像烂泥。我继续走，一直走到大门口灯光照不到的地方，然后我看看四周。在医院前面有个交通环岛，旁边有条供行人走的宽路。再右边一点有块空地，原本也许是草地，可是现在已经变成每个学校班级梦寐以求的地方——那里成了可以打雪仗的最佳场所！所有的雪花完好地堆在那里，没有人踩过。我把手臂从三角巾上抽出来，开始行动。

我沿着路的边缘一直走到空地的左上角。雪在我脚底下嘎吱嘎吱响。我抓住的第一把雪冻得我手指发痛，但我还是忍不住大笑。我开始滚雪球，上了石膏的手臂有点不方便，但是进行得很顺利，幸好亚当帮我上石膏的时候没有连手肘也上，所以手臂还能弯曲。

我紧跟在雪球后面走，否则这片美丽的雪地就毁了。第一个字，我得来回滚三次笔画才够粗。到第三个字，雪球已经大到我滚不动了，只好重滚一颗新的雪球。

我一个人在偌大的雪地上做苦工。我不明白为什么雪在暮色中竟然这么耀眼，但真的就是这样。我几乎快喘不过气来，手脚麻木，同时感觉到背上的汗跟胸口快要忍不住的笑意。我把字写得很大，大到从旁边走过的人看不出是什么——

他们也不需要看得出来。

我比早上稍微疯狂了一些，可是还没有疯狂到想穿着白色婚纱在所有朋友面前表演。我宁可要一片黑夜降临前的宁静白色雪地。

我一度喘不过气来，不得不停下来休息。我两手叉腰，伸展背部，接着转头去看身后的医院。它就像一座矗立在雪中闪闪发亮的城堡。每一层楼都点了灯，窗户后面有人等待着想知道生命是不是可以继续，也有人等待着想知道是不是可以得到爱情、是不是可以回家拆开搬家纸箱、是不是可以喝鸡尾酒、是不是可以成为医生，或是教七个孩子和至少一百只狗杂耍。

我继续进行，必须把最重要的字写完。

终于完成了，我的脚趾和手指冻得快断掉。我拨开脸上的头发，再看一次那些我自己也没办法看清楚的字，这才又走进医院。

第 22 章

大厅里的人盯着我看，好像我来自别的星球似的。我的鞋子和裤管都湿透了，红通通的手指灼热无比，比刚才在雪中还要痛。我必须找到亚当。

他不在医院最高那层楼，不在外面，没坐在书店前面的长椅上，也不在餐厅里，现在只剩一个地方。我得去问问雅思米娜，也许他在回家之前去看过本雅明。

医院比早上安静多了。电梯里只有我一个人，照顾本雅明那个部门的服务台护士已经不见了。我认识这里的一个婴儿，我已经长过水痘，所以我可以进去。可是还没到达咖啡休息室前，我遇到了德侯亚医生。

他惊讶地问："你还在这里？"他看着我湿透的裤管，还有三角巾上那石膏已有点磨损的白手臂。"你发生什么意外了吗？"

“嗯……”真希望我也有一头有光泽的头发，他的头发这么闪亮动人真是不公平。我不好意思地问：“您知道亚当在哪里吗？”

他点头，我的心跳突然开始加速。

我有点紧张地问：“他回家了吗？我有话要跟他说，因为——”

“你不能跟他说话。跟我来！”德侯亚医生说。

他一定是打算把我扔进电梯，但我还是乖乖跟在他身后。我们经过一个先生和一个太太旁边，他们站在走道上小声哭泣，拥抱着对方轻轻摇摆。过了转角，我看到本雅明住的那间重症监护室的灰色门板。

我很快地问：“我必须先洗手吗？”

医生摇头说：“你只能从小窗子看。”

我踮着脚尖走到门前。我往里面看，感觉就像刚刚在雪中——我想永远停留在此刻。

我找到他了。

亚当靠坐在一张柔软的沙发椅上。他的头发披散在前额，手臂和肩膀裸露着。本雅明躺在他胸前，只有头上的蓝色小帽子和小小的鼻子连着氧气管，露在保暖的毯子外面。

亚当抱着弟弟，同时静静地看着他，不像看僵尸，反而像第一次看到了一只从未见过的动物时，心里在想：知道吗，这可能是我最喜欢的动物。

“只有爸爸和妈妈可以当袋鼠。”德侯亚的声音从我头上传来。他也从方形的窗子往里看。“但是我们为亚当破例。”

我问：“因为他的爸妈困在大雪中吗？”

“因为我们整个部门都受不了他的臭脸了。我想只有一个办法：他必须学会接纳他的弟弟。”

我看了医生一眼，很快又看向亚当。我希望他不要看到我们，那我就可以永远这样看着他。喔，当然不是永远，我的意思是现在。

“袋鼠式护理真的对婴儿很好吗？”我小声问。

德侯亚医生点头说：“当然。除了氧气和食物，人也需要爱。”

我把上了石膏的那只手臂压在肚子上。

我愤愤不平地压低声音说：“医生只能说实话。我的意思是要有科学证据，而不是胡扯什么爱。”

他看着自动摇篮，脸上露出微笑。

他说：“是真的，我可以让你看一百篇学术报告。那不只对婴儿好，对父母也好。他们必须学习拥抱孩子。”

我看到本雅明半透明的手从毯子里伸出来，我屏住呼吸。亚当非常小心地触摸那只小手。当那只小手抓住了亚当的小指，亚当之前所有想让自己冷漠无情的训练都失败了。

他的爸妈一个星期前有了第二个儿子，而亚当从这一刻起有了弟弟。

我听到我们背后传来脚步声，我很快地转过头。

“雅思米娜！”

她看起来还是像早上一样漂亮，但是显得很疲惫。她默默地洗手，再用消毒酒精擦拭。

她有礼貌地说：“不好意思。”然后看也没看德侯亚医生或我一眼，就走进新生儿重症监护室了。

门一关上，我们又站到窗子前面。就像幼儿园小朋友站在教室外面，偷看圣诞老人在其他班级做些什么。

我们听不见亚当和雅思米娜的谈话。我在心里问自己：德侯亚医生现在到底在看谁？看他的小病人？亚当？还是雅思米娜？

在我头上五十厘米的地方，我听到哼歌的声音。

“我听过这首歌。”我惊讶地说，“怎么唱？”

“我只想要你，喔喔喔……”他小声唱着，“这旋律在我脑海里一整天了。我也不知道怎么一回事。”

我几乎没办法乖乖站着，因为我知道了。布丽米娜的十种坠入爱河的方法还在我脑海中跳舞。我突然想到一个点子。

最后德侯亚医生说：“走吧！我们不要再偷看了，雅思米娜要把本雅明放回保温箱，他们不需要好奇的观众。”

他又在我头顶上哼起歌来了。

我在写着婴儿名字的白板前面等亚当。我掌心冒汗，心跳得太快，脚指头已经冻僵，而且我一直不停拨弄着石膏下的棉絮，导致脚前的地板上有一大堆碎屑。

亚当终于跑了过来，当然他已经穿上了衣服。我想了至少二十五件我想对他说的事，可是现在已经忘记是哪二十五件。

他站定，两手环抱在胸前。

他冷冷地说："我知道了。"

我突然感觉脸颊灼热。"没什么好知道的！"

"喔，没有吗？雅思米娜看到德侯亚和你在偷看我。"

"喔，那个。"

"对，就那个。"他回答。

"对不起。"我低头看着地上，想到我对他大吼的那些话，"所有……那些话。"

他皱起眉头："对不起，所有那些话？"

"是啊，我不是说过那些话吗？"

他轻声笑出来，我抬头看他。

我骂他："呆瓜。"

他笑得更大声了。"我想你爸爸应该还活着吧？既然你还有时间当间谍……"

我回答："他们替他开了刀，情况好多了。"

"很好。"他似乎也松了一口气。

我们一起走向电梯，我很小心地偷瞄他。我必须重新适应。

我轻声问："本雅明摸起来很可怕吗？"

"有一点。"他把手放进口袋。

"他太小了。但是雅思米娜刚刚帮他秤重，比昨天重了四十克。"他想装作不在意，但没有用，"四十克，真的破纪录了！"

最后面那个电梯的门开了，里面没有人，随便我们要到哪一楼。电梯在等我们。

我看着亚当，我懂了妈妈"做自己的感觉"的意思就是指此刻这样的感受。也许我到了四十二岁时也会渴望回到今天，当然不可能真的回到今天。那时我可能已经成为一个不用再带来回包的外科医生。我不是渴望回到今天早上发生意外的时候，而是回到现在这一刻。

我走进电梯的时候说：“我有一个点子。我知道要怎样让德侯亚爱上雅思米娜了。”

“咦？我还以为你宁可去跳进火山口！”

“今天不跳。”

他看着我，我真希望我现在还戴着老虎面具。我感觉自己刚刚在雪上写的字仿佛斗大地写在我脸上。

“可是你打算将来怎么跟他们的小孩解释？想象一下！万一雅思米娜和德侯亚之后离婚了，你要怎么对他们的小孩说？”

电梯的门关上了。

我回答：“那我就跟他们说，他们应该感谢我。如果没有我，他们就不会存在。”

第23章

亚当和我再次分道扬镳，但是这次很短暂。

我很快通过走廊，因为时间不多了。白班的护士差不多该下班了，雅思米娜也要回家了。可是在执行计划之前，我必须先回亲子活动室一趟。我要知道爸爸是不是醒过来了。

我在黑暗的玻璃窗上看到自己的倒影，被白雪覆盖的世界消失在反光的玻璃后面，医院似乎大到没有尽头。我不知道：在这座灯火通明的城堡外面是不是还在塞车？今天人们堆了多少个雪人？打了多少场雪仗？——事实上，我也不在乎。今天这里是我的世界。

我一走进亲子活动室，本特就冲着我大喊：“你终于回来了！”电视机前面的矮桌上摆了拉密数字牌，我又闻到新泡的速食汤的味道。

“我们十五分钟前就可以去看爸爸了。”

“真的？你们已经去过了？”我问。

妈妈回答：“当然还没！我们能待在里面的时间很短暂，当然不能丢下你，不是吗？”

她说这话好像我们还是在一起的一家人。

当她把空杯子放进水池的时候，我盯着她脚上的新跑鞋。我以为我已经很清楚共同监护星球上的所有规则。我知道我们有两个家、星期行事历、来回包，而且也知道我们受伤不再是一家人的事。但还是有额外的规则，那些规则在“伞式谈话”的时候都没有人提到。

在九号诊疗室，爸爸妈妈可以轮流朗读。

我们还是可以在亲子活动室互相等候。

当一个人手术醒来，其他人都站在他的床边。

爸爸的重症监护室跟本雅明躺的病房一样单调，唯一不同的是，这里没有自动摇篮，而是两张大病床。而且这次我探望的不是不熟悉的婴儿，而是我自己的爸爸。

我们轻手轻脚地走在护士后面。

护士告诉我们：“因为麻醉剂的关系，他还有点昏昏沉沉。”

爸爸平躺在床上，闭着眼睛。他的头发从来没有这么乱过，身上穿着一件蓝衬衫，那不是他的。他一只手上插着点滴。

本特紧紧抓住我的手臂，我看到妈妈有点不知所措。她当然还没习惯这些在病床四周发出运转声响的各种仪器，她将来也不会当医生。

我静静地走到爸爸床头。他的脸色苍白，仿佛正在熟睡。

我小声叫：“爸爸？你听得见我说话吗？”

他慢慢睁开眼睛，看到我站在面前，脸上露出了微笑。

他清清喉咙说：“菲莉希亚！喔，不，你写了一封信……你现在叫菲兹。”

我点头，然后小心翼翼地握住他的手。

本特低声说：“我以为你会死掉！”

他再一次无力地笑。“不会有事的……我们不是还要去滑雪橇？”

她点点头。“你一定要看看外面，全部都是白色的。真的，以前都没有这么棒的雪。”

妈妈轻声问：“尤斯特，你还很痛吗？”

“不要紧。”

他们看着对方，我不知道他们怎么想的。也许等我四十二岁时就知道了，但到那个时候也不重要了。

我低声说：“爸爸，如果你真的不习惯，可以继续叫我菲莉希亚。”

他的手动了一下。“我想我会习惯菲兹的。”

在重症监护室外，妈妈和本特穿上了外套。

“呃……”我站着不走。一个穿红色鞋子的医生急急忙忙跑过去，幸好他不是跑进爸爸的病房。

我犹豫地说：“其实我还有事情没有处理完。”

妈妈叹了一口气说：“宝贝，我们都累坏了，本特的麻醉剂药效也慢慢退了，我们该回家了！”

我赶紧说：“你们可以先回去。可是我还得帮忙让一个医生和护士掉进爱河。”

“真的吗？”本特很好奇，“你愿意这么做了？布丽米娜告诉我这件事了，她超想帮忙的，可是她说你宁可跳进火山口。”

妈妈皱起眉头。“什么跳进火山口？这么恐怖。”

我没有回答。

本特急忙解释：“我也搞不清楚，反正我们不准谈论爱情，否则菲兹会去跳进火山口。还有，她说她宁可跳进火山口，也不要结婚。”

妈妈看着我。从她的表情中，我知道她明白我为什么要跳进火山口。

本特问："我和布丽米娜可以加入吗？"

我点点头。

我妹妹把受伤的手从三角巾里抽出来，搂住妈妈的腰。"妈妈，拜托拜托，让我们去帮忙让医生和护士爱上对方！"

妈妈一直看着我。"这计划听起来太疯狂了。"

我说："没错，可是人本来就一直在做很疯狂的事。"

她把外套的拉链拉上，接着又拉下来。

"菲兹……"她犹豫了一下，"你不认为恋爱这种事，每个人必须自己来？"

"他们是得自己来，可是我们想帮一点点忙。偷偷地，完全不会让他们察觉到。"

"然后你就不会去跳进火山口了？"妈妈问，"我还是希望你最好不要去插手这种事……"

我笑了出来："嗯，然后我就不会去跳进火山口了。"

"那就好。"妈妈说。

第24章

我们四个人站在电梯里。本特和布丽米娜正在考虑将来两个人要不要一起经营“狗戏团”，亚当则是看着我。

亚当轻声问：“你准备好了吗？”

“还没。但是不管怎么样，还是要进行。”

我刚刚一个人到儿童病房接布丽米娜。看到我推着空的轮椅走进病房，她立刻露出笑容，仿佛我是来救她离开火坑。

她对坐在病床旁边的一位太太说：“你看，这就是菲兹！她看起来和我跟你形容的一模一样吧？我就说她一定还会来的。”

我看着那位也有着浅灰色眼睛的太太。布丽米娜才刚刚好转，她妈妈一定不肯让她到处乱跑。可是我错了。

那个同样有着蝴蝶般灵巧的手的太太至少说了十遍，她很高兴布丽米娜能和我做朋友。她还过来拥抱我。我担心她

175

是不是也和布丽米娜一样，打算在同事面前做一个关于我的报告，幸好她什么也没说。

我们到了五楼，电梯门开了。

本特和布丽米娜留在原地，亚当和我走出电梯。我感觉自己焕然一新，仿佛我不只是有了新的名字，有一部分的脑子也换新了，或者该说有了一部分崭新的心。

我当然知道亚当和我之间不会有什么发展。他十五岁，长得很帅，而且这学期有四科不及格。我十二岁，一头乱翘的长直发。但我将来要当医生，所以上中学之后得加倍用功读书。

可是现在我管不了那么多。我们一起穿过走廊迷宫，而且我们知道该怎么走。我不用问自己是否曾经跟一个帅哥走过这么长的路，答案是肯定的。就在今天早上。

到了本雅明的病房，亚当走向一边，我则走向相反的方向。这是计划的一部分。

我走到咖啡休息室，在门口站定。我没想到里面有这么多人，一共六个护士围坐在桌子前面说话。那个装泡芙的盘子已经空了。

“雅思米娜！”我叫她。所有的护士突然安静下来，我清了一下喉咙说：“我有事想问你。”

她坐着没有动。

“拜托！”我求她。

她叹了一口气，看看身旁的护士说：“我们讲完了吧？”那个护士点点头后，雅思米娜朝我走过来。她站在没有人的走廊上，两手叉腰，一脸严肃。“你该不会是来跟我说，还需要消毒酒精吧？”

我摇头。“我保证不会再把字写在脸上了。你现在下班了吧？”

她点点头。“我们刚刚换班。我们已经告诉晚班的人员白天发生了什么事。”她歪头看着我问：“菲兹，你来这里做什么？”

“三楼有个坐在轮椅上的女孩子在等你。她很伤心，可是我知道你一定可以帮她的忙。”

雅思米娜没说话。

“这次和医院一点关系也没有，也不会惹任何医生生气。”

她叹了一口气说：“也不用再惹哪个医生生气了，因为那个医生还在生气。你自己也看到了，不是吗？刚刚我走进新生儿重症监护室的时候，他完全不理我。”

我拉起她的手就走，她刚开始有点抗拒，但最后还是跟着我。这个部门的人已经走光了，那些脸皱巴巴的婴儿都在他们的自动摇篮里睡着了。每个小时他们会长大几克，直到可以和哥哥姐姐去滑雪橇、踢足球、露营和聊天。

我低声说："雅思米娜，事情很快会好转的。"

"我没那么幸运。"她马上回答。

"会的！就是现在……三分之一的人运气不好，可是三分之二的人都很好。今天那不幸的三分之一已经满额了。"

我推开通往楼梯间沉重的门，从栏杆探头往下看，然后大喊："布丽米娜？"

"有！"她的声音在一共十一层楼的楼梯间回响。

我们很快地下楼。她已经在三楼等我们，就照先前讨论好的。布丽米娜坐在轮椅上，本特站在轮椅旁边。

我的血液沸腾。我不知道自己的计划会不会成功，其实我还不明白爱情是怎么一回事，要怎么开始，又该怎么结束？但我还是想要试一试，因为今天早上雅思米娜帮了我的忙。

"这是布丽米娜。她的'犯人服'下面有一道很大的疤痕，因为她的心脏刚开过刀。这是我妹妹本特，今天早上她原本有十个完整的指尖，后来缺了一个，现在又完整了。"

雅思米娜惊讶地看着我们三个说："这是怎么一回事……"

我连忙解释说："事情是这样的，布丽米娜再过不久就可以回学校上课，她已经休学半年了。”

“六年级！”她谎报了一年，因为我们事先已经说好，根据计划她必须跳一级。“开学不久，他们就要为学校的音乐剧试唱选角了，我很想参加演出。”

我站到轮椅旁边，一边帮腔：“她很会唱歌，可是因为心脏病，不能太常练唱，否则会呼吸困难。所以她现在因为试唱很紧张。”

布丽米娜叹气说：“我知道那些小孩一定会嘲笑我，因为我每天中午都得睡午觉。菲兹说我课堂演讲要用她做题目很奇怪，但我才不在乎，我就是要这样。不过要是他们听到我很会唱歌……”她用恳求的眼光看着雅思米娜：“那他们就不会认为我很奇怪了……”

雅思米娜没说话。她拨了一撮头发盖住耳朵，好遮住她的招风耳。

我轻声对雅思米娜说：“我今天早上听到你唱歌，在我们要去拿消毒酒精的路上，你唱得真好。如果你现在教布丽米娜唱那一首歌，她就可以去参加试唱。”

“那是电影《火爆浪子》里的歌，对不对？”布丽米娜问，“那部电影我看了不止十遍，所以我知道旋律，我的意思是：我不是完全没概念……”

“看！”本特挥舞着两张纸，“我们已经把歌词印出来了，以防万一。”

雅思米娜静静地看着坐在轮椅上的布丽米娜，再看着本特上了绷带的手，眼光又从绷带移到我身上。然后她开始大笑。

“这首歌今天一整天都在我的脑子里打转，我真的很想大声唱！”她走到栏杆旁边，看看楼上，再看看楼下。“你们想在这里练习？”

我们三个同时点头。

“这里又没有人。”本特说。

“而且回声很棒。”我补了一句。

“我们在这里已经等了一会儿，都没有人经过。太完美了，我们可以爱怎么大声唱就怎么大声唱。”布丽米娜也附和。

第 25 章

本特和我并肩坐在楼梯上。灰色的水泥地冷冰冰的，我突然又感觉到脚上的鞋子是湿的，石膏底下的手臂则在发痒，那两枚愚蠢的戒指还在那里，它们不会和好了。可是这一刻我什么也不在乎，因为我在听歌。我用眼睛、耳朵、嘴唇和头发听——甚至冰冷的脚指尖也在倾听。

布丽米娜面对雅思米娜站着。两个人手里都拿着歌词，轮流唱一段。她们的歌声在楼梯间回荡，我不知道我以前有没有听过这么美的歌声。

她们刚开始轻声练习唱了几遍，现在则中气十足地唱。布丽米娜一只手放在拉链上，眼睛闪闪发亮。

我必须对我的心诚实……

你就是我想要的那个人

喔，喔，喔！

布丽米娜的歌声响亮，整个人兴奋无比。她的英语咬字清晰，十分到位。可是只要你认识她，就可以听出她的心声：王医生好厉害，我有了全新的心脏瓣膜！菲兹和本特现在是我的朋友，而且周末我就可以回家了。我要上五年级了，我的病好了！

现在又轮到雅思米娜。我注意到本特在看我石膏里的戒指，我伸出手臂搂住她的肩膀。我们坐在上一层楼梯台阶的中间，以免布丽米娜和雅思米娜分心。我也可以偷偷注意楼上的动静。

“很好听，对不对？”我妹妹小声说。

我点点头。雅思米娜一唱歌，就不再是害羞的护士。她是超级巨星，声音充满感情，尾音持续在我的脑后回荡。如果我是躺在自动摇篮里的婴儿，我一定会活下去，就为了能常听到这样的歌声。

突然间我听到头上有什么声音，很小声，只有一下下，又没声音了。

我抬头看见亚当和德侯亚医生站在四楼。成功了！我不知道亚当跟他说了什么，可是真的把他骗来了。

我不由得又想起布丽米娜那张如何坠入爱河的清单。医院里面没有汽车，雅思米娜不可能帮忙换轮胎，也没有苹果树可以修剪，没有狗可以说话，没有悲伤的电影可以看。

可是有一样东西：医生和护士，这两个人脑子里有同一首歌。

“我们要不要再唱一次？”布丽米娜在下面的楼梯间问道。

雅思米娜大笑。“我保证你的歌声一定会深深打动班上的同学。”

布丽米娜皱眉问：“你这么说是因为我心脏瓣膜闭锁不全，对不对？”

雅思米娜摇头说：“我说的是实话。”

她们再一次开唱的时候，我偷偷看向楼上。德侯亚医生将手肘靠在栏杆上，静静站着听。我还没看过他这么认真的表情。

然后当“你是我唯一需要的，喔，千真万确”的歌声在楼梯间回荡，他直起身站好。我心跳加快。他慢慢走下楼梯，亚当当然不会拦住他——那是不可能的。如果上帝要下楼，谁也拦不了。在日光灯下他的金发也闪闪发亮，就好像有细细的雪花撒在他头上。等他几乎到了楼梯转弯的地方时，本特也看到他了，她激动地捏着我的手臂，但是什么也没说。

亚当跟在医生后面，对着我竖起大拇指。我不敢动，因为我想尽可能让雅思米娜继续唱下去。

她终于看到他了。

突然她停下来，嘴巴张着但是没有声音，随即闭上嘴巴。超级巨星不见了，站在那里的是害羞得脸颊通红的女孩。

德侯亚医生开始拍手，掌声响彻十一层楼，然后停了下来。

雅思米娜低头看着地板，我看她把手指紧扣在一起。没有人说话，也没有人动。雅思米娜终于抬起头，她的脸颊红热，可是没有眨眼，德侯亚医生也看着她，就好像他们是在一个雪景球里面，眼里只有对方。

我感觉喉咙有什么东西哽住了，因为我想到爸爸妈妈。他们从前是不是也这样看着对方？

“哇。”布丽米娜发出深深地叹息，“我从来没有唱得这么好听过！”

大家终于开始移动。亚当经过德侯亚医生旁边走下楼，我和本特也很快地站起来。德侯亚医生一步一步走下来接近雅思米娜的时候，我推着本特往前走出去，亚当也让布丽米娜坐回轮椅上。

“我们要不要大家一起唱一首歌？”布丽米娜问，眼睛依然闪着光彩。

“不要，我们走吧。”我低声说。

我扶着打开的门，让亚当推着轮椅出去，本特紧跟在他后面。

在我放开门走出去之前，我又回头看了一眼，德侯亚医生终于走到下面。他现在站在雅思米娜面前，轻轻抚摸她的脸颊。接着门就关上了。

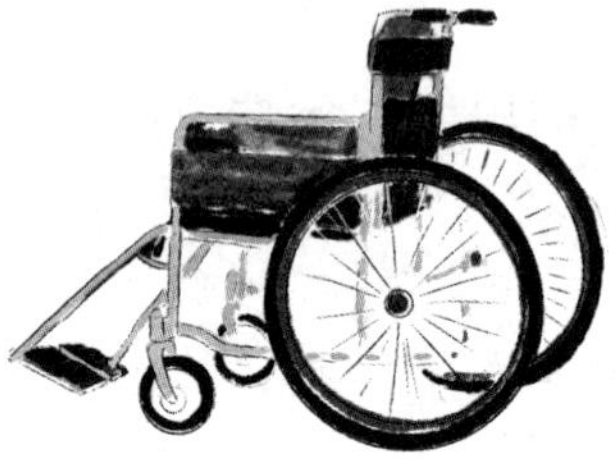

第 26 章

突然间，一切变得非常奇怪。

我原本以为我们要一起送布丽米娜回儿童病房，可是亚当要去看本雅明，他想看看他爸妈是不是过来了。我知道他的手机坏掉了，所以必须自己去看，可是我不懂为什么突然那么急。他说他要走了，手一挥像是说再见，然后就转身了。

“可是……”我来不及说什么。

我没有继续往前走，我看着他离开，几乎不敢相信。

好了，到此为止，都结束了。

我静静地推着轮椅通过走廊，布丽米娜和本特一路上热烈讨论。我想她们在编她们自己的医院题材电视剧桥段。剧本中所有的医生都高兴地替病人缝合伤口、上石膏、唱歌和换心脏瓣膜。

看着儿童病房墙上那些笑得很开心的老虎，我深深叹了一口气。我为雅思米娜和德侯亚做的究竟是好事，还是坏事？

他们刚刚在属于他们的雪景球里对视的时候，我几乎可以听到他们在想什么。他们彼此承诺：这颗雪景球永远不会破，会一直保持完好，里面的液体不会消失，雪花永远纷飞。

现在我终于明白为什么全世界的人都发疯地想结婚了，他们都认为自己是幸运的那群人。九百对新人中后来会有三百对离婚，可是当他们走向结婚礼堂时，所有九百对新人都相信他们会永远在一起。别人可能会离婚，但是自己一定不会。

你可以说那些人是笨蛋，也可以说那些人很勇敢。他们不想永远坐在等候室等待，因此尝试过自己想要的生活。

“菲兹！”本特摇晃着我的手臂。她的脸颊涨红，鬈发飞舞，“布丽米娜已经问了你五次，我们明天会不会再来看她。”

我清清喉咙说：“明天会来看爸爸不是吗？当然也会来看布丽米娜！”

我把布丽米娜交给她妈妈之后，走廊上突然变得冷冷清清。那些有笑脸动物的病房敞开着门，隐约传出刀叉碰撞声。病人吃饭的时间到了，差不多也是我们该吃饭的时间了。

我轻声问本特：“僵尸手指现在怎么样了？”

她站住，然后回答：“很痛。”

她抓住我白色的手臂，看着戒指。她用左手抚摸那两个小圈圈。

我突然说：“听着，我可以把我的石膏给你。”

我已经抽掉很多棉絮，可以直接把手臂上的盔甲脱下来。没有石膏的手臂看起来很奇怪。我的手看起来似乎比平常细，现在上面只剩下一圈白色网套。

我把本特左手的袖子卷高，帮她套上“白色盔甲”。石膏对她来说太宽松了，可是看起来很像那么一回事。她很满意地来回挥了几次手臂，接着停下来。

“这太不方便了，我总不能两只手都放在三角巾上吧？”她把石膏外壳还给我。“你要留着吗？”

我看着脏兮兮、已经磨损的石膏绷带，摇摇头。

“我不需要了，可以丢进垃圾桶了。”

“可是那戒指怎么办？”本特问。

“它们在石膏里够久了，再说，反正也没有用。”

我叹了一口气，也不知道为什么我又想到亚当。又开始了，如果我能活到九十岁的话，还有七十八年不可以想他。可是说不定到我老的时候，每个人都可以活到一百三十岁。

本特看起来很担心的样子。“我不要妈妈的戒指留在里面啊！我不要它跟一些橡皮筋还有坏掉的笔在一起！”

“随便你，你可以留着它。”我说。

她马上摇头。“我不要，我的来回包够重了。”

我们一边继续走，一边思索该怎么办。

突然本特开始咯咯笑。她从我手中拿走石膏壳，把它像剑一样举高。“我知道了！我们可以把戒指给雅思米娜和德侯亚医生。”

我看着她。

“说得对。我们不要戒指，爸爸妈妈也不需要了。”她说。

我一时说不出话来，最后才开口问：“真的吗？你认为爸爸妈妈再也不需要了？”

她叹口气说：“你不是也这样认为吗？”

我点点头。

“好吧，那就这么办。你拿去给他们？我一定要回妈妈那里，看她是不是已经帮我拿止痛药了。”她说。

第 27 章

拿着破损的“盔甲”，我走向一排空椅子。我在布丽米娜的儿童病房护士站服务台借了一把剪刀、一支笔和一个信封。

我坐下来把石膏放在大腿上，要把石膏一块一块剪碎，等一下还必须跟妈妈解释我的手其实没有摔断。我希望她会明白这是个好消息，我已经没事了。

我小心翼翼地动手剪，不去想这是亚当帮我上的石膏。石膏虽然很硬，但剪刀还是剪得下去，白色的粉末飞溅到裤子和地板上。我不觉得自己是一个顽皮的小孩，倒像是个医生，一个真正的医生。

剪刀在我的拇指上压出一道红色的压痕，可是我不管，继续剪。今天早上在医院最高那层楼时，我还认为自己勇敢到可以跳进火山口，不跟人家做一样的蠢事。可是我现在觉得，也许不管之后会发生什么事，都该勇敢地去尝试看看。

我沿着戒指的边缘剪，轻而易举就把戒指从石膏里拿出来了，就像把药丸从铝箔包装里拿出来一样。我把袖子拉长，盖住手指，把金戒指上的白色碎屑擦干净。

戒指现在在我的掌心，我多希望自己是父母婚姻幸福家庭中的孩子，也就是那三分之二会在一起的夫妻的孩子。我多希望我能改变什么，可是事情不是我能决定的。

我把戒指套在拇指上，拿起信封，把旁边的空椅子当成桌子，尽可能用我最漂亮的字体在信封上写下：

给雅思米娜和德侯亚医生

小心不要被勾住了

我听到有脚步声接近，赶快把信封翻面，把石膏塞到椅子下面，手指弯曲，压住戒指。这时亚当出现在转角。

我以为再也不会见到他了。如果有人像他那样轻率地说再见，就表示不想再做朋友了。

可是他回来了。

“嗨，菲兹，你大概以为你

已经甩掉我了。可是我妈坚持要我看看你是不是还在医院里。”他叹了一口气，“没错，我爸妈从大雪中赶来了。”

我清清喉咙问：“雅思米娜和德侯亚医生呢？”

他笑了。“他们不知道去哪里了，部门的人也不知道……”他看到我裤子上的白粉，皱起眉头问，“你在这里做什么？”

我把剪烂的石膏从椅子下拖出来，翘起我套了两个戒指的拇指说：“这是要送给雅思米娜和德侯亚医生的礼物。”

亚当什么话也没有说，只是直接抓住我的手。他拿走上面的戒指，看看戒指的内圈。

“你疯了。”他轻声说。

我看着他手上的戒指。他一边在指间来回转着戒指，一边摇头。

“雅思米娜和德侯亚一定不会要。”

“这个我想过了。”我拿出信封，“戒指放在这里面，我会把它封起来，交给楼下门口的保安。”

“你有没有写寄信人的名字？”

我摇了摇头，亚当见状露出微妙的笑容。

“我很想看看他们打开信封时的表情……”

我低头看着地上。雅思米娜和德侯亚医生也许会收下戒指，我真希望他们两个永远在一起。不过，我并不期待看到他们的表情，毕竟一个星期以前“伞式谈话”才刚结束。

“你刚刚说什么？你妈要你来找我？”我问亚当。

“当然是开玩笑的。”他立刻说，“没有人可以命令我，好吧，她很想明天认识你。我必须先警告你，她会拥抱你，很可能会抱得你喘不过气来。”

“她干吗要这么做？”我吃惊地问。

他耸耸肩。“护士把今天的事告诉她了。她认为是因为你的关系，我才会去当袋鼠。”

我静静坐着。今天稍早我才刚经历过心被触动的感觉。

“可是怎么……”我想继续说却不知道该怎么表达。

“当然是胡扯。”他一派轻松的样子，“我不是说过了吗？没有人可以要我做什么。可是想到你只有我毁掉的手机的号码，实在有点蠢……”

我没说话。他把戒指还给我，朝窗户走过去。我再一次看着亮晶晶的戒指，然后把戒指放进信封里，舔了舔封口，最后封住信封。

“好了，完成了。”我站起来。

亚当没有回答，他看着外面，我只能看到他的背影。他手插在口袋里，一动也不动。

“亚当，你打算一直站在那里？”

“不要那么没耐性。”他说，“我正在欣赏这里的景色。”

我把石膏留在原地，走向他。但就在我走到反光的玻璃窗之前，我突然知道他在看什么了。我感到头晕，脚步顿住。

完蛋了，现在我什么也不能做。我没有像汽车那么大的橡皮擦，消毒酒精现在也帮不上忙。我在考虑是不是该转身逃跑，可是这样就泄露这是自己做的蠢事了。现在能做的只有：装作没事。

我站到他旁边。

儿童病房在三楼，所以我们看到的只是一小块的世界。左边是医院入口处前面的交叉路口，撒了盐的沥青路面在路灯下闪闪发亮。窗户右边是那块所有班级的梦想雪地——在我去之前。

现在真的比我想象的还要糟几十万倍。几个小时之前天色刚开始昏暗的时候，还看不太清楚雪地，可是现在有四盏巨大的聚光灯照明。之前有那么半秒钟我还在想：哇，写得真好！可是这瞬间我就希望这里有火山口可以跳。

“你一定要看看那里写了什么。”亚当雀跃地说。

他指着雪地上巨大的字：

今天我喜欢上亚当

“你看到了没？”他问，“有人在雪地上写了‘今天我喜欢上亚当’。”

我感觉到自己的脸颊滚烫，生气地对他说：“我眼睛又没瞎，当然看到了。”

他斜眼看着我，我还是故作镇静地盯着那些字。

“我很好奇是谁写的，也许我也喜欢上她了。”他说。

“没那回事。”我说。

他仍然斜眼看着我。“这很难说，谁知道，你说呢？”

我没有回答他。

“好吧，不管怎么说，我觉得太棒了。”

我看着我的鞋子，还是湿的。

“上面写着今天，你看见了吗？今天差不多过完了。”我说。

“可是明天我还会来这里，我会刚好经过窗户，就又会看到：今天我喜欢上亚当。然后我就会想：哇，太棒了。”亚当回答。

我握紧拳头。

“明天雪当然就不见了，那就什么也没了。”

“你这么认为吗？”他把脸靠近玻璃，手握成两圈放在眼睛前面，“我看到很多星星，所以天气晴朗，不会再下雪，而且已经冷了一整天，今天晚上雪也不会融。”

他挺身站直。

“替你感到遗憾，字明天还是会在那里。”他高兴地说。

他再次看着我，我也看了他一眼。

我们不是在一颗宁静飘雪的雪景球里，而是在一场巨大的暴风雪中。

“明天你自己就可以确认。你明天会来看你爸爸吧？”他说。

“当然。”

他满意地点头说：“我明天也会再到这里来晃晃，到时候我们就可以知道那些字还在不在，是不是还是‘今天’。”

我感觉到狂风在四周猛烈吹着。我不知道明天会发生什么事，可是我突然有一个想法：今晚就让它结冰好了，我不介意那些字就这么留在那里。